RAFFAËLA ANDERSON

Intimszenen

Buch

Angefangen hat alles mit einer Zeitungsannonce, auf die Raffaëla Anderson, gerade 18 Jahre alt und noch Jungfrau, geantwortet hat. Sie braucht dringend Geld, und da es ihr an jeglicher Erfahrung im Pornogeschäft fehlt, ahnt sie nicht, auf welches Terrain sie sich begibt.

Zunächst ist sie geblendet von der scheinbar glamourösen Welt, in der sie sich plötzlich bewegt. Nachdem die ersten Anfangsschwierigkeiten überwunden sind, genießt die junge Frau den neuen Luxus in vollen Zügen: schicke Restaurants am Boulevard Saint-Germain, Diners in teuren Klubs, Champagner am Pool und das Gefühl, in die Welt der »Stars« eingetreten zu sein. Die Teilnahme bei den Filmfestspielen in Cannes ist der Anfang, gefolgt von Reisen ins internationale Ausland zu den Dreharbeiten. Außerdem findet sie im loyalen Zusammenhalt der Schauspielerinnen ein Gefühl von Geborgenheit und Gemeinschaft, das ihrem Leben bisher fehlte. Doch all das kann auf Dauer nicht über die Gnadenlosigkeit des Metiers hinwegtäuschen: Frauen, die sich verletzen und entwürdigend behandelt werden, die immer härteren Forderungen der Produzenten, um den immer ausgefalleneren Bedürfnissen des Publikums nachzukommen, das permanente Gesundheitsrisiko. Schonungslos berichtet Raffaëla Anderson von den Ereignissen während der Dreharbeiten, von den sexuellen Experimenten, die ihr abverlangt werden. Nach vier Jahren spürt sie, die nie einen Tropfen Alkohol angerührt hat, dass sie der branchenüblichen Gefährdung von Drogen nicht länger widerstehen kann. Sie erkennt die Zeichen im letzten Moment – und rettet ihren Körper, ihre Seele, ihre Würde, um ein neues Leben zu beginnen.

Autorin

Raffaëla Anderson wurde 1976 geboren. Nach verschiedenen Tätigkeiten arbeitete sie von 1994–1998 als Pornodarstellerin. International bekannt wurde sie durch den Aufsehen erregenden Film »Baise-moi« von Virginie Despentes, in dem sie eine der beiden weiblichen Hauptrollen spielte. Ihr Buch machte in Frankreich Furore und stand monatelang auf den Bestsellerlisten. Die Autorin und Schauspielerin lebt in Paris.

Raffaëla
Anderson

Intimszenen

Aus dem Französischen
von Gaby Wurster

GOLDMANN

Die französische Originalausgabe erschien 2001 unter dem Titel
»Hard« bei Éditions Grasset & Fasquelle, Paris

Umwelthinweis:
Alle bedruckten Materialien dieses Taschenbuches
sind chlorfrei und umweltfreundlich.

Taschenbuchausgabe September 2002

Umschlaggestaltung: Design Team, München
Umschlagmotiv: Zefa
Satz: DTP Service Apel, Hannover
Druck: Elsnerdruck, Berlin
Verlagsnummer: 45318
CN · Herstellung: Heidrun Nawrot
Made in Germany
ISBN 3-442-45318-6
www.goldmann-verlag.de

1 3 5 7 9 10 8 6 4 2

Samstag, 18. März 1994, 8 Uhr.

Bip bip bip. Der Wecker klingelt. Ich stehe auf, dusche, trinke Kaffee, packe meine Tasche für die Arbeit, dann ist es aber auch schon höchste Zeit.

Der Zug nach Paris fährt ein, ich schaffe es gerade noch.

Zwanzig Minuten bis zur Gare de l'Est, dann ein Stück mit der Métro, und ich bin im 16. Arrondissement in der betreffenden Straße. Ich trage Jeans, die mir zu weit sind, Schlappen und eine Mütze. Im Rucksack habe ich einen Rock, hochhackige Schuhe, Schminke und all den Kram.

10 Uhr. Ich stehe immer noch vor dem Haus, wo ich vor einer Stunde einen Termin hatte. Ich will nicht mehr, ich mache kehrt.

Zwei Tage zuvor.

In dem Anzeigenblatt *Paris Boum Boum* stand unter der Rubrik »Casting«: *Seriöse Casting-Agentur sucht volljährige Personen für Filme. Auch Anfänger. Telefon: 01 4035 …*

»Tiffany Studio, guten Tag!«

»Guten Tag. Ich rufe wegen Ihrer Anzeige an. Das interessiert mich. Welche Auswahlkriterien haben Sie?«

»Wir nehmen nur Volljährige. Sind Sie volljährig?«

»Äh, ja.«

»Wie alt sind Sie? Wie groß? Gewicht?«

»Achtzehn. Ich bin nicht sehr groß und ein bisschen pummelig – 62 Kilo auf 1 Meter 55.«

Lachen in der Leitung. »Das macht nichts. Kommen Sie vorbei. Können Sie heute Nachmittag?«

»Um wie viel Uhr?«

»15 Uhr. Geht das?«

»Gut. Und wohin soll ich kommen?«

»Rue David d'Angers 54 – *Angers*, wie die Stadt. Haben Sie einen Wagen?«

»Nein.«

»Wenn Sie die Métro nehmen, Linie 7b, steigen Sie an der Haltestelle Danube aus. Es ist dann gleich am Ausgang.«

15 Uhr, Rue David d'Angers 54. Es sind zwei kleine Zimmer. Das eine dient als Büro, im anderen stehen eine Couch, ein Scheinwerfer, ein kleiner Fernseher und ein Videorekorder. Ich klopfe an. Eine große Schwarze telefoniert gerade, sie heißt Diane. Sie macht mir ein Zeichen, dass ich reinkommen soll. Ich setze mich auf einen Stuhl und warte. Sie legt auf, sagt aber nichts, also sage ich: »Guten Tag. Ich habe um 15 Uhr einen Termin mit einem Herrn. Ist er da?«

»Er kommt gleich.«

Der Schreibtisch ist voller Papierkram, auf dem Boden liegen so komische Zeitschriften – erotische Comics, Bilder von nackten Mädchen. Ich blicke es immer noch nicht.

»Glauben Sie, dass ich hier eine Chance habe?«, frage ich.

»Hier hat jeder eine Chance«, sagt sie mit einem dünnen Lächeln.

Nach einer halben Stunde kommt der Mann.

»Guten Tag. Entschuldigen Sie die Verspätung, mir ist etwas dazwischengekommen.«

Ich sage nichts. Leute, die zu spät kommen, konnte ich noch nie ausstehen.

Er kommt gleich zu Thema: »Gut. Wie Sie wissen, nehmen wir nur volljährige Personen. Haben Sie einen Ausweis dabei?«

Ich gebe ihm die Papiere. Er weiß nicht, wie er anfangen soll; er holt tief Luft und sagt: »Nun, wir suchen Leute, die keine Scheu haben, sich vor der Kamera auszuziehen und mit anderen etwas zu machen.«

Mein Ziel ist das schnelle Geld. Wie ich es verdiene, ist mir ziemlich egal. Ich frage ohne Umschweife: »Wie ist die Bezahlung?«

Das bringt ihn durcheinander, aber er fasst sich gleich wieder.

»Hängt davon ab, was du machst. Wir füllen erst das Formular aus, dann gehen wir rüber ins andere Zimmer.«

Ich erstarre. Ich sehe seine Fresse und sage mir: Dieser Fettwanst fasst mich nicht an!

Er hat verstanden. Er sagt: »Wir nehmen keine Leute, die nicht wissen, was sie wollen.«

»Es geht nicht darum, ob ich weiß, was ich will. Ich bin Jungfrau und ...«

Er lässt mich nicht ausreden. »Das macht nichts. Du bist drüben allein. Ich lasse die Kamera laufen, du kannst machen, was du willst. Aber eins sage ich dir: Wenn du nichts machst, erfahre ich es.«

»Okay. Kein Problem. Können wir jetzt rübergehen?«

»Ich muss darauf zählen können, dass du da bist, wenn ich dich anrufe. Ich kann es mir nicht erlauben, mit unzuverlässigen Leuten zu casten.«

Offenbar drückt er sich gern großkotzig aus. »Casten«. Für wen hält er sich eigentlich? Zu gegebener Zeit werde ich ihm schon zeigen, mit wem er es zu tun hat, aber dazu habe ich jetzt keine Lust.

Wir gehen ins andere Zimmer. Er fummelt an der Kamera rum und verschwindet wieder. Tür zu. Ausziehen,

Streicheln hinten und vorne, Zungenspiel, auf alle viere, das Übliche und basta. Ich höre, wie er die Tür aufmacht. Ein tödlicher Blick, dann ist er wieder weg. Ich ziehe mich an und gehe ins Büro. Am liebsten würde ich ihn beschimpfen, aber ich sage nichts.

»Ich sehe mir die Kassette an und melde mich. Die Neuen kommen gleich – wenn du willst, kannst du noch ein bisschen bleiben, sie können dich einweisen.«

Ich bleibe. Er legt eine Kassette von dem Mädchen ein, das gerade sehr gefragt ist: Olivia. Eine schöne Brasilianerin mit langem, braunem Haar. Sie masturbiert vor mir.

Nach und nach kommen die Mädchen. Etwa zwanzig. Alle sind nackt oder gerade dabei, sich auszuziehen. Die einen schminken sich, die anderen rasieren sich oder suchen Klamotten aus. Heute ist ein besonderer Abend, eine Werbeveranstaltung für einen Swinger-Club in Paris. Ich denke: Was für eine Gottesmöse, davon kann ich nur träumen! Das ist natürlich ironisch gemeint. Für wen halten sich diese Fotzen?

»Kannst du mir mal deinen Lippenstift borgen? O Scheiße! Ich kann es nicht ausstehen, wenn meine Möse rasiert ist!« Armselige Nutten! Eine lässt mich nicht aus den Augen. Mir ist das unangenehm, ich würde gern verschwinden. Zum ersten Mal in meinem Leben bin ich von »Huren« umgeben, umringt. Als ich klein war, haben mich diese Frauen fasziniert, nun bin ich auf einmal schockiert. Ich stehe auf, es ist Zeit, dass ich gehe. Beim Hinausgehen spricht mich der Boss an: »Warte, ich will dich einem Produzenten vorstellen. Er hat ein eigenes Studio.«

Der Typ sieht mich von oben bis unten an. »Wie alt bist du denn?«

Stolz und mit einem breiten Lächeln antworte ich: »Ich bin achtzehn.«

»In deinem Alter solltest du die Schulbank drücken. Tschüss. – Luna, bist du so weit? Beeil dich, oder ich nehme eine andere!«

Arschloch! Was glaubst du eigentlich, du Scheißkerl? Die Flüche schwirren nur so durch meinen Kopf. Lächelnd sage ich: »Ich habe auch nicht gesagt, dass ich für dich ›arbeiten‹ will! Tschüss.«

In der Métro geht es mir gar nicht gut. Ich denke an die Kassette, die sie gedreht haben, und ob das ins Fernsehen kommt. Ich denke dies und jenes, mir ist ganz schlecht. Ich kann die Blicke der anderen nicht ertragen. Wissen sie, was ich gemacht habe? Eine Hand packt mich. Fast wäre ich unter den Triebwagen gekommen.

»Geht es Ihnen nicht gut?« Eine Frau.

»Doch, doch, ich habe nur den Zug nicht gesehen. Danke, Madame.«

Zu Hause lege ich mich gleich hin. Es ist noch nicht mal 20 Uhr. Ich kann nicht einschlafen. Ich sage mir, dass es das alles nicht wert ist, nur für Geld.

9 Uhr 30. Das Telefon klingelt. Mein Agent*.

»Hallo, Raffaëla. Ich rufe wegen gestern an. Nimm's nicht krumm, ich muss dir das erklären. In der Branche gibt es gerade Theater mit den Bullen. Eine Minderjährige hat ihre Papiere gefälscht, und nun sind alle ziemlich aufgescheucht. Ich habe ihm deine Papiere gezeigt und ihm bestätigt, dass du volljährig bist. Das mit gestern tut ihm Leid, aber deine Antworten sind nicht besonders gut angekommen. Um es kurz zu machen: Willst du immer

* Gemeint ist der Betreiber der Casting-Agentur, der zwanzig Prozent für jeden von ihm vermittelten Auftrag von den Mädchen kassiert.

noch mitmachen? Ich habe nämlich eine tolle Sache für dich. Morgen geht's los. Bist du dabei?«

»Und was ist das für eine tolle Sache?«

»Ein Shooting für einen der Größten der Branche. Er zahlt gut. Fünf Drehtage schließen sich an.«

»Wie viel?«

»1 500 pro Tag für die Fotos und 2 000 pro Drehtag.«

Eine schnelle Rechnung: 2 000 mal fünf plus 1 500, das sind 11 500 in einer Woche.

»Wo?«

»In Paris. Hast du was zum Schreiben?«

»Ich höre.«

Samstag, 18. März 1994, 11 Uhr 30.

Das Telefon klingelt. Ich nehme ab. Ein aufgebrachter Mann: »Hallo? Raffaëla? Hier ist …«

»Nein, Raffaëla ist nicht da. Wollen Sie eine Nachricht hinterlassen?«

Er wird gleich freundlicher, ist aber immer noch aufgeregt.

»Könnten Sie ihr sagen, dass sie dringend im Tiffany Studio anrufen soll? Sie hatte einen Termin und ist nicht erschienen. Ich frage mich, was mit ihr los ist.«

»Ich werde es ausrichten, sobald sie kommt. Ist das alles?«

»Ja. Auf Wiederhören.«

»Auf Wiederhören.«

Er muss davon ausgehen, dass ich es selber war. Ich hatte ihm gesagt, dass ich allein wohne. Aber das ist mir echt egal, ich habe andere Dinge im Kopf. Ich bin stolz, dass ich es nicht gemacht habe. Ich rufe eine Freundin an und schildere ihr die Situation. Dass es sich um Pornos handelt, sage ich natürlich nicht.

Super!, sagt sie, das musst du machen. Jeder würde doch gerne Fotos machen, vor allem für 1 500 Francs am Tag! Du putzt dich raus wie eine Prinzessin. Tu's!

Ich tu's, ich gehe wieder hin. Ich habe einen Scheißbammel. Schließlich klingle ich. Die Eigentümerin der Wohnung öffnet mir.

»Guten Tag, ich hatte heute Morgen einen Termin, aber ich konnte nicht früher kommen, ich hatte den Klingelcode vergessen ...«

Die Sätze sprudeln mir nur so in den Sinn, aber ich druckse herum, weil ich Angst habe reinzugehen. Plötzlich höre ich eine tiefe Stimme: der Regisseur, der Boss. Ein großer Mann mit langen Haaren und Zigarre im Mund. Ich nenne ihn Big Boss.

»Kommen Sie rein! Sollten Sie heute Morgen nicht schon da sein?«

Lächelnd drückt er mir die Hand. Er nimmt mir alle Verlegenheit. Ich mag diesen Mann. Er stellt schnell die anderen vor, bringt mich zur Maske und bietet mir etwas zu trinken an. Ich soll warten, bis er wieder da ist. Er kommt schnell zurück. Er will, dass ich mich ausziehe und mich um meine Achse drehe.

Mit der dicken Zigarre im Mund sagt er: »O.k. Die Fotos sind schnell gemacht. Kannst du anschließend gleich weitermachen? Wie heißt du eigentlich?«

»Raffaëla.«

»Freut mich, Raffaëla.«

Er geht wieder.

Der Typ ist cool!, denke ich. Ich lerne die anderen kennen, die Maskenbildnerin, den Kameramann, die Darsteller. Es klopft – mein Agent. Er will sicherlich nachsehen, ob ich auch da bin. Bin ich, du Arsch!

Plötzlich stürzt ein Mädchen heulend ins Zimmer. Sie

jammert, dass sie nicht gehen will, dass sie das Geld braucht, dass ihr Freund sie schlägt, wenn sie die Knete nicht bringt. Big Boss kommt. Er gibt ihr das Geld und bittet sie freundlich, ihre Sachen zu nehmen und zu gehen. Aus Angst, ich könne mich verziehen, erklärt er mir alles. So erfahre ich, dass das Mädchen minderjährig ist. Zum Glück hat er es gemerkt, bevor sie zu arbeiten anfing.

Die schicksalhafte Stunde rückt näher. Big Boss sagt der Maskenbildnerin, dass nun ich an der Reihe sei und sie mich herrichten soll. Sie fragt, ob ich Kleider mitgebracht hätte. Auf den Fotos muss ich aussehen wie ein Teenager. Sie schminkt mich und sagt mir genau, was ich anziehen soll. Auf mich wirkt sie kalt und unangenehm, aber sie sagt mir, dass sie hier seit Tagen nicht rausgekommen ist und es satt hat. Dann ist die Maske fertig. Ich bin enttäuscht von meinem Spiegelbild – ich sehe aus wie eine Zwölfjährige. Wozu muss ich dann bitte volljährig sein? Da kommt ein Mann rein, mittelgroß, gut aussehend, gebräunt, Waschbrettbauch, helle Augen. Er ist nackt und hat einen Ständer. Es ist mir peinlich, ihn anzusehen, aber gleichzeitig zieht er meinen Blick an. Sein Schwanz ist lang, weder zu dick noch zu dünn. Wie soll ich mich verhalten? Er holt mich aus der Verlegenheit. »Gefällt er dir? Das ist dein Partner.«

Er fängt ein Gespräch an. Für ihn ist das alles normal. Schließlich ist es das Natürlichste der Welt, hier in diesem Milieu nackt zu sein. Er scherzt ein wenig mit mir, um die Atmosphäre aufzulockern. Wir lachen. Er stellt mir ein paar Fragen. Woher ich komme, wie alt ich bin, das Übliche. Er sieht zu, wie ich mich ausziehe, und staunt über meine Muskeln. Ich sage ihm, dass ich Sport mache. Er betrachtet meine Brust und findet sie toll. Er geht duschen, ich dusche auch, während die Maskenbildnerin ein Mädchen herrichtet, das mit uns arbeiten soll.

Ein anderer Darsteller kommt ins Bad. Er ist älter als der Erste, aber auch so dünn. Er trägt einen Anzug, hat einen Spitzbart, blaue Augen und dunkle Haare. Er sieht mir beim Duschen zu und sagt, dass er meine Brust bewundert, dass er sie geil findet, dass er große Brüste überhaupt geil findet, denn seine Mutter hatte auch einen großen Busen. Er küsst mich, streichelt mich. Ich lasse ihn machen. Und ich frage mich, wie ich ihnen beibringen soll, dass ich Jungfrau bin. Ich vertraue mich ihm an.

»Du, ich habe ein Problem, ich bin Jungfrau. Ich habe Angst, ich weiß nicht, wie das hier läuft. Glaubst du, dass er reingeht? Ich habe den Ständer von meinem Partner gesehen, er scheint mir ein bisschen zu groß für mich. Der Chef schlägt Krach, wenn er noch mehr Zeit verliert.«

Ich soll mir keine Sorgen machen, sagt er, alles wird gut laufen. Er geht. Ich mache mich fertig. Ich muss mich ganz rasieren. Es ist das erste Mal, und ich finde es schrecklich. Aber egal. Das andere Mädchen hat deswegen ein Riesentheater gemacht. Ihr Lover hat sie am Morgen noch mit Haaren gesehen. Was soll sie sagen, wenn sie nun rasiert nach Hause kommt? Die Maskenbildnerin hat eine Idee: Sie soll sagen, dass sie Aufnahmen für Bademoden gemacht hat. Das Mädchen findet die Idee klasse, das Thema ist erledigt. Wir sind so weit. Ich würde gerne eine Zigarette rauchen, aber ich werde vor die Kamera gerufen. Das war's, es ist vorbei. Big Boss nimmt mich zur Seite, er weiß, dass ich Jungfrau bin. Zur Entspannung soll ich etwas trinken. Ich hätte nichts zu befürchten, ich würde mit Profis arbeiten, und die seien nicht hier, um mich zu quälen. Alles kein Problem, man würde es locker angehen.

Also dann! Ich bin sicher, dass alles gut geht. Es herrscht

eine herzliche Stimmung, als ich aufs Podest steige. Nun bin ich froh, dass ich hier bin. Es geht los. Zwei Mädchen, ein Mann. Drei, vier Stellungen, spritzen, fertig. Das sieht nicht schwierig aus. Die Scheinwerfer werden eingestellt, wir nehmen unsere Plätze ein. Die erste Einstellung geht so: Die zwei Mädchen sitzen auf einer Couch, der Mann steht hinter ihnen und legt die Hände auf ihre Schultern. Die Mädchen küssen sich auf den Mund. Foto. Der Mann lässt die Hose runter, die eine lutscht seinen Schwanz, die andere streichelt ihn. Die Mädchen ziehen ihn ganz aus. Hose, Schuhe, Socken, Hemd. Beide Mädchen an seinem Schwanz. Eine Stunde ist vergangen. Dies ist eine der guten Seiten des Jobs: Beim Arbeiten vergeht die Zeit schnell, eins greift ins andere. Big Boss verlangt: »Nimm eine der beiden von hinten.« Mein Herz rast. Er nimmt das andere Mädchen. Ohne Vaseline und Kleenex geht nichts. Erste Stellung: Gesicht zur Kamera. Zweite Stellung: Arsch zur Kamera, wie man in der Branche sagt. Währenddessen muss ich ihm nur den Arsch hinhalten oder die Beine spreizen. Das gefällt mir eigentlich ganz gut. Nun bin ich dran. »He, sie ist Jungfrau, nimm sie nicht so wild!«, sagt jemand hinter mir. Zuerst Arsch zur Kamera. Es tut nicht weh, ich bin ganz dabei. Dann anal. Wenn auch das gut geht, nehmen sie mich für alle fünf Drehtage. Ich bin zufrieden mit meiner Leistung und willige ein. Als es so weit ist, mache ich ein anderes Gesicht. Ich muss zugeben, dass ich nicht einmal wusste, was anal bedeutet, aber das habe ich schnell begriffen.

22 Uhr, nach zwei aufeinander folgenden Szenen. Ich habe keine Schmerzen, aber ich bin froh, dass es vorbei ist. Nach einer ausgiebigen Dusche lädt uns Big Boss in ein italienisches Restaurant nach Saint-Germain-des-Prés ein, zu Gianni, einem Kumpel von ihm. Man kommt sich vor

wie in Beverly Hills. Big Boss gibt den Mädchen Geld fürs Taxi. Er verabredet sich mit uns wie versprochen zum nächsten Dreh. Ich fahre zum ersten Mal Taxi. Das hat was!

Ich bin wieder zu Hause. Zufrieden, dass ich für ein paar Stunden Arbeit 1 500 Francs einsacken konnte, schlafe ich wie ein Engel und träume von Big Boss. Ich bin verliebt und kann es gar nicht erwarten, ihn wieder zu sehen.

In der folgenden Woche bin ich in einem tollen Hotel im 16. Arrondissement. Ich bin erstaunt – es sind sehr viel mehr Leute da als beim Fototermin. Wir stellen unsere Sachen ab und gehen in einem superschicken chinesischen Lokal essen. Die Darsteller sind die gleichen, allerdings sind es mehr Mädchen. Ein Mädchen ist nur dabei, um ein hohes Tier in der Produktion zufrieden zu stellen; ich kenne ihn noch nicht. Nachdem wir uns vorgestellt haben, essen und scherzen wir gut gelaunt bis spät in die Nacht, dann gehen wir auf unsere Zimmer. Ich teile mein Zimmer mit Flora. Sie ist nicht sehr groß, hat blaue Augen und lange Locken. Sie ist nett, aber ein wenig daneben. Wir reden bis 5 Uhr früh. Sie will mir die Tricks und Kniffe der Branche beibringen, wie sie sagt. Nicht, dass sie seit Jahren dabei wäre – es ist ihre zweite Woche, doch sie ist ganz begeistert von einer Frau, mit der sie gearbeitet hat: Laetitia von Nanou Contact, eine ehemalige Pornodarstellerin, die es geschafft hat, einen Fuß in die Produktion zu bekommen. Es sei angenehm, mit ihr zu drehen, die Szenen seien einfach, man würde vor allem nur eine am Tag drehen, sagt Flora. Den Rest des Tages könne man in der Sonne liegen oder im Swimmingpool baden. Anscheinend mag Laetitia Frauen, sie spielt sogar selbst mit oder lädt auch mal eine in ihr Zimmer ein. Und am tollsten: Sie bezahlt den Flug hin und zurück. Der Abend klingt dann in einem Restaurant an der Côte d'Azur aus, oft in einer Karaoke-Bar. Wie Flora sagt, lohnt es sich wirklich, dorthin zu gehen. So gesehen ist das auch recht verlockend. Das wird der nächste Schritt meiner Karriere sein: Ich fahre zu Laetitia.

Wir müssen aufstehen und uns für den langen Tag bereitmachen, der uns bevorsteht. Ich bin es nicht gewohnt, das Bad mit jemandem zu teilen. Wir bestellen Frühstück, dann müssen wir auch bald aufbrechen.

Auf dem Set gehen wir gleich zur Maske. Garderobe, Licht, unsere Positionen. Zwei Mädchen, ein Mann. In zwei Stunden soll alles vorbei sein, doch es kommt anders. Was man von uns verlangt, ist nicht so einfach, wie es aussah. Offensichtlich ist der Mann zu müde, um zwei Mädchen zu bumsen, zumal in den erforderlichen Stellungen. Ich merke, dass er es nicht schafft. Das erste Mädchen liegt auf dem Tisch, das zweite Mädchen hockt in 69 über ihr und bläst dem Mann einen, der Mann vögelt abwechselnd die andere. Der Tisch ist zu hoch für ihn, doch das merkt keiner. Und dann sind die Mädchen schuld! Flora weint, der Tisch tut ihr im Kreuz weh, und der Typ stützt sich auf sie, um das Gleichgewicht nicht zu verlieren. Alle sind genervt, die Stimmung ist mies. Ich verziehe mich. Wenn Flora das ertragen muss, was steht dann mir bevor? Nach ein paar Minuten greifen Big Boss und sein Produzent ein. Sie beschimpfen den Darsteller, er sei schlecht und sie hätten ihn nur genommen, weil er um Arbeit gebettelt habe, aber er sei ja nicht mal in der Lage, einen hochzukriegen; er sei zu alt, die Jungen warten schon. Ich komme mir fehl am Platz vor, ich habe Angst. Ich frage mich, wie das wohl ausgeht. Wir machen eine Pause, dann geht es noch mal von vorn los. Dieser Streit hatte was! Der Boss ist eben jemand!

Flora und ich sitzen in der Küche, trinken in aller Ruhe Kaffee und rauchen. Sie versucht, sich recht und schlecht von der Aufregung zu erholen, da kommt der Produzent – angeblich um sie zu motivieren. Er setzt sie auf den Spülstein, steckt seinen Kopf zwischen ihre Beine und leckt sie. Dann nimmt er einen Kochlöffel und schiebt ihn in ihre Möse. Ich bin schockiert, ich weiß nicht, wohin mit mir. Flora sagt nichts, das erstaunt mich. Doch dann packt sie den Kochlöffel, steht auf und weint. Sie heult ganz schrecklich. Angeblich ist er gekommen, um sie zu trösten. Nach kurzem Schweigen gehen wir wieder an die Arbeit. Wenn es doch bloß schon vorbei wäre! Ich musste bisher noch nichts machen, aber ich bin bald dran. Und dieses Milieu ist insgesamt nicht sehr zuträglich. Mir ist schon klar, dass ich hier bin, um mich bumsen zu lassen, aber nicht von jedem. Scheinbar nennt sich das Aufstieg. Ziemlich kläglich in meinen Augen.

Schließlich klappt die Szene doch noch. Wir gehen essen, als sei nichts gewesen. Es ist 15 Uhr, Flora und ich sind erst um 19 Uhr wieder dran. Eine lange Pause; ich kann mich von der vergangenen Nacht erholen. Flora will ein wenig ausgehen. Als es wieder Zeit ist, mich zu schminken und neue Klamotten anzuziehen, werde ich nur mit Mühe wach, aber ich muss wieder drehbereit sein. Ich habe keine Lust mehr, aber es muss sein. Ich arbeite mit einem Mädchen und einem Jungen. In weniger als einer Stunde ist die Szene im Kasten. Ein paar andere müssen noch weiterdrehen. Wir gehen essen. Um 23 Uhr bin ich todmüde. Ich gehe auf mein Zimmer. Flora kommt erst morgen wieder, sie ist nach Hause gefahren. Ich schlafe gleich ein.

Um 5 Uhr früh klopft es. Flora. Sie ist völlig zugefixt. Ich kriege Panik, ich hatte noch nie mit einer Süchtigen zu tun. In meiner Paranoia mache ich mir schreckliche Gedanken: Wenn sie nach zwei Wochen schon an diesem Punkt ist, wie lange brauche dann ich dorthin? Ich kann nicht mehr schlafen. Ich dusche, lasse mir Frühstück bringen und warte, dass man mich holt. Auf dem Set sehe ich Big Boss, ich erzähle ihm die Geschichte. Er sieht, dass es mir nicht gut geht. Von nun an soll ich alleine in einem Zimmer schlafen.

Ich finde das chaotisch. Ich glaube, alle fixen, damit sie arbeiten können. Was Aids ist, weiß ich. Als Cyril Collards Film *Wilde Nächte* herauskam, habe ich zum ersten Mal davon gehört. Ich hätte nie gedacht, dass ich je damit zu tun haben würde. Ich spreche es an, stelle Fragen: Woher weiß man, ob jemand Aids hat? Wir schlafen zusammen, aber wir wissen nicht, ob einer krank ist. Ich drehe zum ersten Mal Pornos, ich denke, es ist für alle gleich, aber das ist nicht so. Die einen haben mehr, die anderen weniger Erfahrung. Manche sind schon seit Jahren dabei. Ein Darsteller beruhigt mich: »Mach dir deswegen keine Sorgen, wir machen alle regelmäßig einen HIV-Test.«

Was ist HIV? Das habe ich noch nie gehört. Die verarschen mich hier alle, diese Säcke!

Der Typ sagt, immer noch um mich zu beruhigen: »Bei dir ist das anders, du warst Jungfrau, du kannst kein Aids haben.«

Warum? Ich habe ihre Testergebnisse nicht gesehen, niemand hat sie mir gezeigt. Und da wird mir klar, dass die Branche skrupellos ist. Das einzige Interesse gilt dem Film, der Rest ist scheißegal. Ich will gehen, aber ich habe Angst. Früher habe ich viele Serien im Fernsehen gesehen, bei denen die Mädchen wegen des Geldes gelandet waren. Als sie den Job an den Nagel hängen wollten, bekamen sie Probleme. Ich habe Angst, und ich kann nichts machen. Ich bin wie erstarrt. Big Boss versteht das nicht, er kommt zu mir, er ist überzeugt, dass er alles getan hat, damit es gut läuft. Ich weiß, dass er mich mag, aber er ist wie die anderen, er will nur Kohle machen. Ich schildere ihm mein Problem, sage ihm, wovor ich Angst habe. Er lacht.

»Wenn du gehen willst, dann geh. Wir reißen dir nicht den Kopf ab. Nur, du bringst mich in die Scheiße – wir haben den Film mit dir angefangen. Außerdem gibt es zur Zeit wenig Nachfrage. Was die Tests angeht, will ich ehrlich mit dir sein – nur zwei haben ihn gemacht. Du kannst die Ergebnisse einsehen, du kannst auch selbst einen Test machen. Ich rufe den Assistenten, und die Sache ist erledigt. Andererseits weiß ich nicht, ob du dich auskennst – es gibt eine Inkubationszeit von drei Monaten; selbst wenn hier alle negativ sind, könnten sie dich anstecken. Du musst selbst entscheiden, Kleines.«

Ich überlege. Dieser Typ kann reden, er lullt die Leute ein. Ich will ihn auf keinen Fall enttäuschen, ich bin verrückt nach ihm. Ich werde den berühmten Test also später machen. Er ist zufrieden. Was bin ich für ein Arschloch! Wir drehen ab, ich bekomme meine Gage auf die Hand, ich bin zufrieden. Big Boss sagt, wir sehen uns bald wieder. Das macht mich am glücklichsten.

Ich fahre mit dem Zug nach Hause; ich will kein Geld fürs Taxi ausgeben. Das ist dumm – denn was ist, wenn ich überfallen werde? Ich wohne in Gagny, einem »heißen Pflaster« bei Montfermeil im 93. Département. Doch es gab keine Zwischenfälle, ich bin auf Leute getroffen, mit denen ich aufgewachsen bin und von denen ich nichts befürchten muss. Abgesehen davon sind sie seit Jahren in mich verknallt, haben sich aber nie getraut, es mir zu sagen. Wir leben eben nicht in derselben Welt. Diese Leute, ihr Leben, ihre kleinen Gaunereien – sie sind mir egal, sie interessieren mich nicht, und das wird sich auch so schnell nicht ändern. Was für eine Zukunft könnten sie mir bieten? Diese Ärsche sind mir scheißegal.

Zu Hause lege ich mich hin. Ich überlege, wofür ich das Geld ausgeben soll, das ich so »leicht« verdient habe. Ich denke an all die Dinge, die ich mir nie leisten konnte. Nicht, dass ich aus armen Verhältnissen stamme – meine Familie hatte viel Geld, und mein Vater war beruflich gut gestellt, doch ich wuchs nicht gerade in dem Glauben auf, dass ich das lang ersehnte Wunschkind war. Ich durfte nichts, und ich wurde für nichts und wieder nichts geschlagen. Ich war ein richtiges hässliches Entlein. »Halt die Schnauze, oder es setzt was!« Meine Freundinnen waren die Freundinnen meiner kleinen Schwester. Ich bin sechs Jahre älter und hatte im Grunde nichts mit ihnen zu schaffen. Sie waren stolz darauf, eine Große in ihrer Clique zu haben, und ich habe mich geschämt, mit den Kleinen zusammen zu sein. Die großen Mädchen in meiner Heimatstadt haben mich eine dreckige Franzosenschlampe geschimpft, weil ich nicht war wie sie. Sie haben keine französische Eltern, meine Mutter ist aber Französin, und so musste ich mich schlagen, um akzeptiert zu werden, was ich auch ohne Probleme tat. Nur in der Schule ging es mir gut, es war der einzige Ort, wo ich das Gefühl hatte zu leben. Ich war eine gute Schülerin. Die Jungs interessierten sich für mich, aber sie hatten keine Chance. Ich habe zwei Brüder, besser gesagt, ich hatte zwei Wachhunde, die nicht zuließen, dass sie mich ansprachen, sonst hätten sie sie zusammengeschlagen. Daraufhin taten meine Schulkameraden eben so, als gäbe es mich nicht. Wenn ich eine schlechte Note nach Hause brachte, hagelte es Ohrfeigen, auch vor allen Leuten. Ich wurde nicht nur geschlagen, es passierte sogar in aller Öffentlichkeit. Das war eine doppelte Erniedrigung. Meine Brüder waren Jungs, sie hatten das Recht, sitzen zu bleiben. Erst nach Jahren wehrte ich mich – und das war schlimm. Ich wurde schlecht in der Schule und machte ziemlich viele Dummheiten, was noch schlimmer war. Schließlich brummte mir eine Richterin eine Sozialpädagogin auf. Vielleicht hätte ich mit ihrer Hilfe aus dem Schlamassel rauskommen können. Doch wenn ich ihr offen gesagt hätte, was schief lief, wäre ich bestraft worden. Also hielt ich den Mund und ließ jede Gelegenheit verstreichen, die Situation zu ändern. Bis ich mich dann am 18. März 1994 blindlings in die Pornos stürzte. Mein Leben würde sich ändern, und ich würde die erträumte Unabhängigkeit erreichen. Nur das zählte.

Zwei Tage später gehe ich zu meinem Agenten. Er hat etwas für mich: bei Laetitia, der Produzentin von Nanou Contact, von der Flora mir erzählt hat. Ich nehme sofort an. Am Donnerstag fliege ich. Auf dem Flughafen von Montpellier hält ein Herr ein Schild mit meinem Namen hoch. Toll! Um 11 Uhr komme ich bei Laetitia an, ihr Mann empfängt mich. Dialekt des Südens, Pastis und Strenge. Ich trinke keinen Alkohol und lehne ab. Er bringt mir eine Cola, wir stoßen an. Ich sage nichts, ich bin zu schüchtern. Er begreift. Seine Frau kommt, sie will mich küssen. Ich halte ihr die Wange hin, sie küsst mich auf den Mund. Das überrascht mich, aber ich sage nichts, ich denke: Es ist eben ihre Art, jemanden willkommen zu heißen. Sie zeigt mir das Haus, sie bestreitet die Unterhaltung allein, ich steuere zu dem Gespräch nur Ja und Nein bei. Ich bin völlig verklemmt und bekomme den Mund nicht auf. Laetitia beeindruckt mich tief, für mich ist sie das Ebenbild meines früheren Idols Pamela Anderson. Wir essen. Ein Hotelzimmer ist für mich gebucht, ich soll es später beziehen. Ein Junge, ein Neuling, soll die Szene mit mir drehen. Er kommt nach dem Essen. Die Szene spielt im Wald, Laetitia und ihr Mann filmen. Es sind insgesamt wenig Leute, aber das ist mir nur recht. Ich finde mich nämlich schrecklich dick. Mein größter Makel ist jedoch die Karies an einem Schneidezahn, ein fürchterliches Loch, das gut zu sehen ist. Darum rede ich auch so wenig. Offensichtlich verwirrt das Laetitia; sie ruft meinen Agenten an und fragt, ob ich ein Problem hätte. Er erklärt ihr, dass ich eben schüchtern sei. Fast hätte sie mich nach Paris zurückgeschickt. Ich will nicht gehen, ich komme mir vor wie eine Null. Ich werde mich anstrengen.

Ich soll eine Krankenschwester auf dem Land spielen, die im Wald spazieren geht. Bis dahin läuft alles gut. Sie trifft einen Behinderten und bekommt Lust, mit ihm zu vögeln. Aber der Kerl ist nicht schön, und er findet mich auch nicht schön. Zu Beginn der Szene muss ich ihm einen blasen, das widert mich an. Aber dazu bin ich da. Das ist ein weiterer Nachteil dieses Berufs – man hat keine Wahl, man muss mit dem schlafen, der einem zugewiesen wird. Zuerst sieht sein Schwanz nicht so groß aus, doch während ich ihn lutsche, wird er immer größer und macht mir Angst. Ich beschließe, dass er mich nicht nehmen wird. Das ist nicht schwer – als er eindringen will, steht er ihm nicht mehr. Kommt gar nicht in Frage, dass ich ihm helfe! Ich bin erst vor kurzem entjungfert worden, und das Ding geht nicht leicht rein. Laetitia explodiert, sie hat die Nase voll. Seit einer Stunde sind wir zugange. Sie regt sich immer mehr auf. Ihr Mann soll es ausbaden, sie will, dass er übernimmt. Er ist alt. Ich träume davon, nur von schönen jungen Männern genommen zu werden, von solchen, wie sie mir Big Boss gegeben hat. Ich liege auf dem nackten Boden, er beugt sich über meinen Kopf und hält mir seinen alten Schwanz hin. Das ekelt mich an, aber ich habe den jungen Mann abgelehnt, und das ist nun der Preis, den ich zahlen muss. Ich verfluche den Tag! Auch er kommt nicht zum Zug. Laetitia ist stinksauer. Wir hören auf.

Im Hotelzimmer denke ich an die Szene, und es tut mir eigentlich nicht Leid. Es ist ja ihr Fehler, nicht meiner! Warum nehmen sie auch solche Nullen? Laetitia kommt mich besuchen, will mit mir reden. Sie ist an solche Amateure gewöhnt, die gibt es oft in diesem Milieu. Alle halten sich für Superman. Sie ist nicht mehr wütend, morgen geht es bestimmt besser. Ich soll mich fürs Abendessen herrichten, sie wartet in der Hotelhalle auf mich. Sie ist nett. Ich schwöre, dass ich morgen meine Arbeit gut mache und nicht mehr das Seelchen spiele. Wir verbringen einen schönen Abend, ich gehe spät ins Bett. Vor 15 Uhr drehen wir nicht, ich habe Zeit. Der Typ ist immer noch da. Hoffentlich nicht wegen mir. Meine Miene spricht Bände. Als Laetitia mein Gesicht sieht, nimmt sie mich in den Arm und sagt mir, dass er noch einen Abend bleibt, weil sie ihn für eine Veranstaltung braucht, eine Vorführung in einem Club, die sie organisiert hat. Er spielt einen Leibwächter. Ein weiteres Paar kommt aus diesem Grund noch hinzu. Mich erwartet zunächst eine kleine Masturbationsszene. Ich ziehe die Kleider an, die man für mich bereitgelegt hat. Meine erste Solo-Szene. Ich habe total Schiss, weil ich vor der Kamera sprechen muss – normalerweise muss ich das nicht. Laetita will wissen, ob ich ein Klistier gemacht hätte. Was soll denn das sein? Ich sage Nein. Egal, wir müssen jetzt drehen. Ich trage Söckchen – das ist lächerlich zu High Heels. Diese Geschichte mit dem Klistier bringt mich durcheinander. Ich setze mich auf die Treppe, Laetitia erklärt mir, was ich machen soll. Sie gibt mir einen Massagestab. Ich stelle mich vor die Kamera. Sie will, dass ich stöhne, ich soll denjenigen anmachen, der später die Kassette anschaut. Wenn es jemanden aufgeilt, dass ich sage, ich bin eine Sau und will den Schwanz im Arsch – warum nicht? Dann kommt der Stab, ich lutsche und zeige, wie schwanzgeil ich bin. Lustlos stopfe ich ihn mir rein, ich habe etwas gegen dieses Ding. Es tut tierisch weh. Sie will, dass ich auf allen vieren gehe, aber ich mag diese Stellung nicht, ich bin doch kein Hund! Ich könnte heulen, ich komme mir schmutzig vor, wie ein Stück Scheiße. Ich muss mir das Ding in den Arsch schieben, ich hasse sie – dann plötzlich:

»Du bist voller Scheiße. Stopp! Geh dich waschen.«

Ich begreife nichts, ich ziehe den Stab raus ... Ich habe mich voll geschissen. Das ist mir noch nie passiert. Ich werde bleich und entschuldige mich. Zu spät – es ist schon gedreht. Ich gehe ins Bad und will nicht mehr herauskommen. Sie klopft an die Tür.

»Du bist nicht die Einzige, der so etwas passiert. Das ist bei allen Mädchen schon vorgekommen. Sie beugen dem durch ein Klistier vor.«

Mist! Wenn man die kleinen Tricks des Metiers nicht kennt, steckt man im wahrsten Sinne des Wortes ziemlich schnell in der Scheiße. Die Szene wird wiederholt. Ich scheiße mich jedes Mal voll. Zum Schluss spiele ich einen Orgasmus vor, ich gebe mich ganz hin. Laetitia gibt mir eine Klistierpumpe für die nächste Szene.

Der neue Darsteller kommt. Wir fahren mit dem Motorrad. Ich trage einen Rock und kein Höschen. Der Wind hebt den Rock. Die Autofahrer hupen unaufhörlich. Wir halten an einer geeigneten Stelle am Straßenrand. Er ist total nett, er sagt, er hätte einen ganz kleinen Schwanz. Nun habe ich keine Angst mehr, mit ihm zu drehen. Er gestaltet die Szene nach seiner Fasson. Ein echter Profi. Er küsst mich und zieht mich langsam aus, streichelt mich zärtlich und leckt mich; zum ersten Mal macht das ein Darsteller bei mir. Ich finde ihn sehr rücksichtsvoll, er tut alles, damit ich locker bin. In Bezug auf die Größe seines Glieds hat er mich jedoch angelogen – sein Ding ist riesig und hat eine Eichel wie ein Champignon. Und so nennt man ihn auch: Champignon. Aber ich kann ihm nicht böse sein, er ist sehr nett und behutsam. Die Szene läuft gut.

Wir fahren ins Hotel zurück und machen uns fürs Abendessen zurecht. Die Veranstaltung, die Laetitia in der Diskothek organisiert, interessiert mich. Das Paar, das mitwirken soll, ist angekommen. Im Lokal singe ich, ich singe gerne. Als ich auf die Toilette gehe, beglückwünschen mich die Leute und fordern mich auf, noch etwas zum Besten zu geben. Der DJ bittet mich, mit ihm zu singen. Ich bin stolz. Ich mache Sachen, die ich mir nie zuvor getraut habe. Zu singen ist ein Kindheitstraum von mir.

Dann fahren wir ins Extasia 2, einen Swinger-Club, wo Laetitia Teilhaberin ist. Wir bekommen einen Tisch und Champagner. Es ist wie ein Traum, auf einmal gehöre ich zur Welt der »Stars«. Ich führe mich schrecklich auf, niemand darf mir zu nahe kommen, sonst rufe ich die »Leibwächter«. Ich erfahre, dass ich der Clou des Spektakels bin. Ich soll auf einem Motorrad als Braut kommen und mich zur Musik ausziehen. Das scheint nicht schwierig zu sein, ich mache es. Zum Schluss soll ich die Kerle lutschen. Das mache ich nicht. Man sagt mir, dass das alle Aktricen tun. Das ist mir scheißegal, niemand kann von mir verlangen, die »anderen« zu lutschen. Sie fragen die andere Frau, die es auch ohne weiteres macht. Das überrascht mich, ihr Mann ist dabei, doch der scheint das ganz normal zu finden. Die beiden wollen heute Abend »auf den Putz hauen«; egal, mit welchen Mitteln. Ich setze mich wieder hin und sehe mich um. Ich bin die Einzige, die sich nicht amüsiert. Die Hälfte der Leute ist nackt, die anderen schauen zu oder wichsen. Ich will weg. Es ist 3 Uhr morgens. Ich nehme meinen Zimmerschlüssel und gehe. Ich dusche und will gerade ins Bett, da klopft es an.

»Raph? Entschuldige, wir wollen nach Hause gehen, aber ich bin zu blau, um zu fahren. An der Rezeption ist niemand. Könnten wir heute Nacht bei dir schlafen? Geht das?«

Scheiße – zu dritt im Bett! Kein Bock! Haut ab! Aber: »Gut, aber morgen früh verschwindet ihr dann zügig.«

Der Darsteller, mit dem ich nicht mehr arbeiten will, klopft auch und hält mir vor, dass ich sie in mein Zimmer lasse. Was soll das? Der Typ kann mich mal! Er will bei mir schlafen und den anderen sein Zimmer geben. »Hau ab, du nervst, geh schlafen!«

Er zieht stinksauer ab. Mit was für Namen er mich bombardiert, muss sich wirklich kein Mensch anhören.

9 Uhr. Ich wache auf, das Mädchen ist unter der Dusche. Ich habe Lust zum Vögeln, ich wecke den Schwanz des Typs und setze mich drauf. Er kommt, ich bin zufrieden. Ich vögle nur, damit es der andere erfährt.

Heute muss ich nur noch ein Shooting in der FKK-Anlage Cap d'Agde machen. Das erinnert mich an den Film *Der Gendarm von St. Tropez* mit Louis de Funès. Ich bin gespannt, wie es dort ist.

16 Uhr. Wir machen ein Nickerchen am Strand, die Fotos werden später aufgenommen, die Sonne ist noch zu hell. Es ist mein letzter Tag im Süden bei Laetitia und ihrem Mann, ich bin ein bisschen traurig. Im Grunde mag ich die beiden sehr.

In Paris nehme ich ein Zimmer in einem Hotel an der Gare de l'Est. Ich sortiere aus: keine gescheiten Klamotten mehr. In Les Halles kaufe ich neue.

Am nächsten Morgen gehe ich bei meinem Agenten vorbei. Er sagt, dass sich hier vieles geändert hat. Er steht unter polizeilicher Aufsicht. Trotzdem hat er ein Angebot für mich: drehen mit Big Boss. Ich bin überglücklich, dass ich ihn so schnell wieder sehe. Ich gehe nach Hause und warte, dass er mich anruft und mir den Termin gibt. Er will unbedingt, dass ich den Aids-Test mache. Ich habe Angst, gehe aber ins erste offene Labor.

»Ich würde gerne einen Test machen.«

»Haben Sie ein Rezept?«

»Nein, das ist privat, zur Sicherheit.«

Name, Vorname, Adresse. Man bringt mich in einen kleinen Raum, ein Mann nimmt Blut ab. Ich hatte schon immer Angst vor Spritzen, es tut weh. Aber was soll ich tun? Nichts. Ich lasse mir nichts anmerken und denke an etwas anderes. Am nächsten Tag kann ich das Ergebnis abholen. Ich verbringe den beschissensten Tag meines Lebens. Und wenn ich mir nun was eingefangen habe? Was wird dann aus mir? Um 14 Uhr habe ich einen Termin wegen des Films. Ich hole die Testergebnisse ab. Lächelnd gibt man mir einen Umschlag. »Alles gut.« Ich bin überglücklich und gehe zum Set, es ist wieder am selben Ort. Avenue Kléber.

Mittlerweile kennen mich alle. Zu meiner großen Überraschung wird kein Film gemacht, nur Fotos. Ich bin froh, denn dann muss ich nicht so tun, als sei ich verrückt nach Schwänzen. Ich mag es nicht, wenn ich schreien und vorspiegeln muss, dass ich komme, denn in Wirklichkeit bumse ich nicht gern. Ich bereue meine Entjungferung inzwischen. Froh bin ich vor allem, dass die Deutschen nicht da sind, mit denen wir normalerweise arbeiten. Ich soll mit einem anderen Mädchen drehen. Sie nennt sich Flo. Sie hat sehr lange Haare. Mädchen mit langen Haaren finde ich klasse. Wir machen schnell zwei kurze Shots. In der letzten Einstellung will der Darsteller, dass wir ihm helfen zu kommen. Das andere Mädchen weigert sich. Ich denke: Scheiße, jedes Mal muss ich ran! Ich reiße mich zusammen: Gut, das gehört eben zum Job. Ich sage ihm: Sobald Big Boss fertig ist, können wir. Er sagt, ich soll mich nicht um Big Boss kümmern, er würde ihn dann schon rufen. Ich lutsche ihn, ich spüre, dass er kommt, er packt meinen Kopf und hält mich fest. Ich verstehe nicht – er soll doch für die Fotos spritzen – und mache mich mit Gewalt los. Er schimpft mich eine Hure, sagt, ich hätte ihm den Spaß verdorben. Und ich, dumm wie ich bin, frage ihn, warum er den Boss nicht geholt hat.

Flo bricht in schallendes Gelächter aus. »Der verarscht dich doch! Das Shooting ist schon seit zwanzig Minuten vorbei. Er wollte einfach seine Eier in deinen Mund leeren.«

Dieser Ficker! Ich dusche. Es ist zu spät, um noch etwas zu sagen.

Am Abend gehen wir alle zu Alban, einem ehemaligen Pornodarsteller, der einen Club in Saint-Germain-des-Prés hat. Ich sehe mich um, alles schummrig; man kommt sich vor wie in einer Grotte. Es gibt eine kleine Tanzfläche, aber die Musik lässt zu wünschen übrig, der DJ ist etwas daneben. Wir setzen uns an einen der hinteren Tische, es gibt Champagner, und wir lernen den Hausherrn kennen: Alban Ceray. Alles läuft gut, doch dann lallt mich so eine blöde Fotze an. Offensichtlich eine Ex-Freundin von Big Boss, die es mir übel nimmt, dass ich neben ihm sitze. Ich tue so, als sei nichts, und gehe tanzen. Big Boss kommt mit der ganzen Truppe dazu. Wir haben einen Mordsspaß. Die einen ziehen sich aus, während die anderen applaudieren und scherzen. Wie aus Zufall gesellt sich die Schlampe zu unserem kleinen Fest und muss mich natürlich blöd anmachen. Ich habe es satt. Ich packe sie und drücke sie an die Wand, ich will ihr die Fresse einschlagen, doch Alban hält mich zurück. Er nimmt mich mit in die Küche und sagt, dass sie es nicht wert sei. Das Mädchen schmeißt er raus, der Fall ist erledigt. Auch für mich, aber ich schwöre, wenn ich sie wieder sehe … Nach und nach verziehen sich die Leute in die Nischen. Ich sehe mir den Club an. Unten im Keller ist es noch dunkler als oben, doch dann sehe ich Leute aufeinander liegen, Hosen am Knöchel, Frauen auf irgendwelchen Matratzen, gebrauchte Gummis auf dem Boden. Ich höre: Ja, lutsch mich, du Sau. Mach die Beine breit. Das magst du, was? Das ist ein geiler Schwanz. Soll ich meine Finger in deine Möse stecken? Gib mir deinen Arsch … Das ist schmutzig, das ist geil. Es riecht muffig und animalisch. Es ist völlig bizarr. Eine Hand packt mich, führt mich zu einem Schwanz. Das gefällt mir gar nicht, ich laufe schnell die Treppe hinauf. Ein Darsteller ist noch allein oben, ich setze mich neben ihn. Er fragt, ob ich Lust auf ihn habe, und fängt an, mich zu küssen. Ich lasse ihn machen. Wir sind ja nur zu zweit. Er steht ihm schon. Ich ziehe meine Hose aus und setze mich auf ihn. Eine Hand streichelt meinen Hintern. Da packt auch schon jemand meinen Kopf, und ich habe einen fremden Schwanz vor mir. Er glaubt wohl, ich würde ihn lutschen, dieser alte Sack – weit gefehlt! Ich mache mich los und ziehe meine Hose wieder an.

Der Darsteller sagt: »Das ist hier so, komm schon, lutsch ihn!«

»Fick dich! Lutsch ihn doch selbst!«

Ich suche Big Boss, ich will mich verabschieden. Doch ich finde ihn nicht. Egal. Und tschüss!

Am nächsten Mittag gehe ich zu meinem Agenten. Er hat noch ein weiteres Angebot. Es läuft ausgesprochen gut. Ich soll mit Flora und anderen Mädchen, die ich noch nicht kenne, wieder zu Laetitia fliegen. Wir treffen uns um 7 Uhr 30 vor seinem Büro, er bringt uns zum Flughafen.

Nach der Ankunft gehen wir direkt ins Hotel. Es ist bald 14 Uhr, Laetitia hat immer noch kein Lebenszeichen gegeben. Wir beschließen, im Hotelrestaurant zu essen. Die Sonne brennt, wir setzen uns nach draußen und freuen uns, hier zu sein. Wir bestellen. Dann kommt Laetitia. Wir sehen sie gleich, sie ist in einem Wagen gekommen, auf dem groß ihr Name steht. Als wir zu ihr gehen, schickt sie uns alle zur Hölle: »Wer hat gesagt, dass ihr hier einen Tisch nehmen sollt? Man hat euch doch gesagt, dass ich komme und dass anderswo ein Tisch bestellt ist! Ihr seid vielleicht bescheuert! Dafür bleibt ihr jetzt hier. Um 15 Uhr werdet ihr abgeholt, und ich würde euch raten, fertig zu sein.«

Sie ist in Begleitung von anderen Darstellerinnen, die niemand kennt. Sie hat uns voll blamiert. Sobald wir gegessen haben, machen wir uns fertig. Ich habe mir den »Ruf« erworben, pingelig mit der Kleidung zu sein. Ich achte auf mich. Richtig weiblich bin ich geworden. Ich schminke mich mit Leichtigkeit und mache es sogar gern. Ich bin auf den Geschmack gekommen. Und ich trage

High Heels und knappe Röcke. Auch den Vorderzahn habe ich richten lassen. Ich gehe ins Solarium, und ich habe ein paar Pfunde verloren. Ich fühle mich wohler in meiner Haut, ich verkaufe mich als Edelnutte. Die anderen Mädchen sind angepisst. Sie fragen sich, für wen ich mich halte. Aber ich bin sogar zum bevorstehenden Festival von Cannes eingeladen. Ich sage mir: Wenn ich diesen Job schon mache, dann kann ich ihn auch gut machen. Ich bin stolz auf mich. Auf dem Set beglückwünscht mich sogar Laetitia zu all den Veränderungen. Ich komme mir nicht mehr blöd vor. Wir drehen *L'Ecole de Laetitia 6*. Die Serie wurde für das Pornofilm-Festival ausgesucht, und ich freue mich, dass ich mitmachen kann.

Es fängt schlecht an. Die meisten Mädchen haben keinen Test gemacht, und die Jungs wollen unter diesen Bedingungen nicht drehen. Laetitia sagt, sie sollen heute eben mit Gummis arbeiten, und morgen sollen alle gehen, die keinen Test haben. Mir ist das egal, ich habe den Test gemacht, ich bin daran gewöhnt. Wir zeigen uns die Ergebnisse und können endlich anfangen. Die Darsteller sind cool. Wenn man beliebt ist, wollen alle mit einem arbeiten, das ist das einzig Unangenehme daran, es ist zum Kotzen, denn ich mache es am liebsten mit Männern, die einen kleinen Schwanz haben, und das ist eher selten.

Egal. Heute bin ich in Höchstform. Wir machen alle Stellungen, von vorn und von hinten. Ich und ein anderes Mädchen fallen nicht unter die schlechten. Diejenigen, die nur wegen des Geldes hier sind, erkennt man gleich. Ich aber will, dass die Leute stolz auf mich sind. Die Szene geht folgendermaßen: Wir sind Schülerinnen, die von ihrer Lehrerin in die Welt der Sexualität eingeführt werden. Uns gefällt der Unterricht, und wir kommen zügig voran.

Wir gestalten die Szene selbst. Laetitia weiß nicht mehr, wo ihr der Kopf steht. Danach drehen wir noch eine Szene zu zweit, alles geht sehr flott. Zurück im Hotel stürzen wir ins Bad. Wir haben Lust zu singen, wir gehen in eine kleine Karaoke-Bar und veranstalten ein Mordsspektakel. Der Junge, der die Leute animieren soll, holt mich immer wieder auf die Bühne. Die Stimmung ist toll, es ist ein sehr schöner Abend. Und ich muss auch nicht trinken, um in Stimmung zu kommen. Ich habe noch nie Alkohol getrunken.

Nach diesem kurzen Aufenthalt ruft Big Boss an. Er bereitet Cannes vor und fragt, ob ich neue Mädchen kenne. Wir verabreden uns für 21 Uhr bei Pizza Pino auf den Champs-Élysées. Ich rufe die Mädchen an, die ich bei Laetitia kennen gelernt habe. Er sucht nur eine aus, die anderen gefallen ihm nicht. Und er hat Recht. Auch ich habe gemerkt, dass die französischen Mädchen im Allgemeinen hässlich sind, völlig unsportlich und flach wie ein Brett. Nachdem er seine Wahl getroffen hat, bezahlt er die Rechnung, bedankt sich bei den Mädchen, dass sie gekommen sind, dann gibt er ihnen Geld fürs Taxi und schickt sie freundlich nach Hause. Mit mir und der anderen verbringt er den restlichen Abend im Club 41 von Denise, auch sie eine ehemalige Pornodarstellerin. Wenn man nicht mehr dreht, wird man wohl entweder Produzent oder man eröffnet einen Sex-Club. Ich trinke immer noch nicht. Er will, dass ich es versuche, und reicht mir ein Glas Champagner. Ich nehme es, koste und finde es grässlich, doch ich bedanke mich. Ich warte, dass er mir den Rücken zudreht, und schütte mein Glas auf dem Boden aus. Als er wiederkommt und sieht, dass mein Glas leer ist, füllt er es erneut. Wieder dieselbe Szene, den ganzen Abend lang.

Dann verabschieden wir uns. Cannes steht bevor. Wir verabreden uns für den Tag X.

Wir fahren nach Cannes. Um 5 Uhr früh treffen wir uns vor dem Les Trois Obus, einem Café an der Porte de Saint-Cloud. Nach und nach trudeln die Geladenen ein. Ich gehöre zu den Pünktlichen. Wir warten. Sobald der Laden an der Ecke aufmacht, stürzen wir alle hinein. Manche frühstücken. Um 6 Uhr sind wir abmarschbereit. Alle drängen sich in die Wagen, um ja nicht zurückzubleiben. Wir fahren in zwei Etappen. Beim ersten Halt essen wir, dann fahren wir durch nach Cannes, das heißt nach Mougins. Dort sollen wir in einer Villa arbeiten.

Wir beziehen unsere Zimmer und lernen den Besitzer des Hauses kennen. Auf den ersten Blick wirkt er total nett, doch bald schon zeigt er sich von seiner weniger netten Seite. Aber gut, zurück zur Ankunft: Wir trinken zusammen Kaffee. Im Mietvertrag ist ausgemacht, dass ein Mädchen die Nacht mit dem Besitzer verbringt. Er kann sich eine aussuchen. Und natürlich interessiert er sich ausgerechnet für mich! Big Boss erklärt mir die Lage, aber das kommt für mich überhaupt nicht in Frage. Also bietet der Boss ihm redegewandt ein anderes Mädchen an. Doch der Hausherr will nicht, er will mich. Ich bin nicht einverstanden, der Boss auch nicht. Wir müssen einen Kompromiss finden. Es ist schwierig, aber es geht.

Am ersten Abend feiern wir. Es sind Gäste eingeladen, darunter auch ein Fotograf, ein Kumpel von Big Boss, und Chanonne, die gerade sehr gefragt ist und zu den wenigen gehört, die es bis in die USA geschafft haben. Ich kümmere mich um die Musik. Das mache ich gern, denn ich habe normalerweise immer die angesagten Sachen dabei. Wir verbringen einen tollen Abend. Da ich bei der ersten Szene mitspiele, muss ich früh schlafen gehen. Es ist Zeit – schon nach Mitternacht. Das Mädchen, mit dem ich das Zimmer teile, ruft mich. Sie muss heute Abend für den Produzenten herhalten. Das passt ihr nicht, und sie fragt mich, ob ich sie begleite. Kommt nicht in die Tüte! Sie hat eingewilligt, also soll sie auch sehen, wie sie zurechtkommt. Dass aber auch alle Neuen sich dazu verpflichtet fühlen, nur um weitere Aufträge zu bekommen – eine Scheißeinstellung! Sie folgt mir bis ins Zimmer und heult mich voll, sie ist sturzbetrunken. Sie nervt mich mindestens eine Stunde lang. Ich habe die Nase voll und schmeiße sie raus. Vielleicht kann ich jetzt endlich schlafen!

Um 8 Uhr stehe ich als Erste auf, mache Frühstück und den Abwasch von gestern. Die Maskenbildnerin kommt auch. In zwanzig Minuten müssen wir fertig sein. Bad, Herrichten. Jeder steht auf, wann er will – als seien sie im Urlaub! Man ruft mich zur Maske. Meine Szene ist nicht schwierig. Ein Mann, zwei Mädchen. Es dauert kaum eine Stunde. Den Nachmittag verbringe ich in Cannes, ich bin zum ersten Mal dort und will etwas davon haben. Das Mädchen von gestern Abend erscheint, sie will mich begleiten. Ich habe nichts dagegen und sage ihr, sie soll in einer Stunde fertig sein, denn ich will nicht warten.

Zu Fuß ist es weit von Mougins nach Cannes. Wir machen Autostopp. Der erste Wagen hält auch gleich, im Zentrum steigen wir aus. Ich renne zum ersten Kiosk und kaufe eine Stange Philip Morris – aus Angst, die Kippen könnten mir ausgehen. Ich bin echt süchtig. Der Nachmittag ist schön und sonnig. Wir spazieren über die Croisette, trinken hier und da etwas, und als wir dann noch die Treppen hinaufsteigen, glaube ich wirklich, dass ich in Cannes bin! Ein schöner Tag.

Am nächsten Tag findet in einem großen Hotel in Cannes ein Mittagessen mit der Presse statt, das von *Hot Vidéo* organisiert wurde.* Wir sollen geschminkt und wie aus dem Ei gepellt sein. Ich knüpfe viele Kontakte, auch mit verschiedenen Produktionsfirmen, darunter zwei Amerikanern, für die ich arbeiten soll:** Nic Cramer von Private Suède und Christopher Alexander von Anabolic; angeblich sind es die Großen der Branche. Beim Essen sehe ich auch Laetitia wieder, Jeff, einen Fotografen, mit dem ich anschließend in Paris arbeiten soll, und all die »Schauspieler«, die ich schon kenne. Laetitita meint, ich soll mir mehr Mühe geben zu gefallen: Je nuttiger man sich gibt, desto mehr Erfolg hat man. Ich glaube, das Gegenteil ist der Fall – je weniger man macht, desto mehr Angebote bekommt man. Der Beweis ist schon da; heute bekam ich zwei Angebote, ohne dass ich ein Strumpfband anziehen musste (damit gefällt man offenbar mehr). Außerdem ist es mir egal, ob ich im Rampenlicht stehe oder nicht. Ich will ja nicht unbedingt ein Star sein, im Gegenteil – je weniger man mich sieht, desto besser geht es mir. Ich mache mit, um Geld zu verdienen, und ich will meinen Job gut machen, der Rest ist mir sowieso egal. Ich treffe Big Boss, erzähle ihm, dass ich voll ausgebucht bin. Er freut sich für mich, meint aber, ich soll auf der Hut sein. Ich stelle ihm die betreffenden Leute vor. Er ist einverstanden. Das ist gut für eine Vertragsunterzeichnung. Ich gehe zum vereinbarten Termin, um die wichtigen Dinge zu besprechen. Erst muss man über die Gage reden,

* Zeitschrift für Pornofilme. Sie vergibt den *Hot d'Or*, den »Oscar« dieser Branche, und richtet auch das Pornofilm-Festival von Cannes aus.

** Im Unterschied zu Europa ist die Pornoindustrie in Amerika ein legaler Markt und steht auf gleicher Stufe mit der normalen Filmindustrie. Die Darstellerinnen werden geachtet, und die Honorare richten sich nach der Leistung, nicht nach der Szene.

bevor man arbeitet, und man darf sich nur Gewinn bringend engagieren. Offenbar sitzt bei den Amis der Geldbeutel locker. Warum soll ich das nicht ausnützen, solange ich hier bin? Der Deal ist gemacht, wir gehen in ihre Villa.

Das ist der Moment, um zu zeigen, dass ich mein Geld wert bin. Zur Sicherheit, dass sie keine Minderjährige bekommen haben, wollen sie meine Kennkarte, meine Versicherungskarte und natürlich die Ergebnisse des Aids-Tests sehen, der nicht länger zurückliegen darf als einen Monat. Ich soll mit Marc Davis arbeiten, einem Engländer, der nach Los Angeles gegangen ist. Früher war er Model, er ist berühmt, aber mir ist das egal. Ich will lediglich die 900 Dollar einstecken, die ich von den Produzenten für meine Mitarbeit verlangt habe. Sie wollen eine Serie drehen, die den Ruf der Französinnen in Übersee verbildlicht: alles Schlampen. Ich sage dazu: »Die Französinnen sind so.« Nachdem sie gesehen haben, was ich kann, sind sie ganz aus dem Häuschen, sie erhöhen meine Gage um 100 Dollar und fragen mich, ob ich nicht pro Tag eine Szene für sie machen kann. Ich willige ein, aber im Augenblick muss ich woanders drehen. Sie wollen mich begleiten. Ich finde sie nett und zuvorkommend. Sie notieren die Adresse der Villa, wo ich bin, und verabreden sich mit mir für den nächsten Morgen um neun. Die besagte Szene ist für Rebecca Lord, eine Französin, die sich in den USA durchsetzen konnte. Zwei Männer, zwei Mädchen. Es dauert nicht lange, nur dieses Mal sind die Stellungen außergewöhnlich, fast akrobatisch. Kopf nach unten, Beine nach oben (Scheiße, die Amis sind selbst beim Vögeln sportlich), dann 69 in der gleichen Stellung. Diese Szene macht mich fertig, ich bin völlig im Arsch und will nur weg. Der Kameramann bringt uns nach Mougins.

Bei der Vertragserfüllung gibt es ein Problem: Das andere Mädchen hat keine Papiere. Sie verspricht, die Unterlagen am Abend zur Verleihung des *Hot d'Or* mitzubringen. Die Französinnen sind wirklich leichtfertig. Alle, die ich bis jetzt getroffen habe, haben immer irgendwelche Schwierigkeiten – die Papiere, der Test, was weiß ich. Immer gibt es Stunk. Das schadet unserem Ruf. Die Leute, die ich in Cannes treffe, betrachten uns als Liebesgöttinnen, aber wenn sie die Mädchen besser kennen lernen, merken sie, dass das nur ein Mythos ist.

Nach der Feier gehen wir alle in die Hotel-Disco. Dort lerne ich weitere Produzenten kennen, die anscheinend alle den Abend mit mir beenden wollen. Zwei schlagen vor, woanders hinzugehen, ins Whisky à Gogo, wo es besser ist als hier im Hotel. Ich lehne ab. Der eine nimmt mich zur Seite und verspricht, in den USA einen Superstar aus mir zu machen. Er will mir ein Flugticket kaufen und verspricht, alle »cover« zu machen. Ich habe keine Ahnung, was das heißt, »cover«. Er kaut mir das Ohr ab, es wird mir zu viel. Dann sehe ich einen Bekannten und nutze die Gelegenheit zu verschwinden. Das Gespräch endet mit einem »ich komme gleich wieder«. Es ist schon fast 3 Uhr morgens. Für den Fall, dass wir uns verlieren, hat Big Boss einen Treffpunkt ausgemacht. Ich gehe dorthin – offenbar haben alle nur noch auf mich gewartet. Sie sind scharf drauf, ins Whisky à Gogo zu gehen, doch da spricht die Stimme der Vernunft: der Boss. Also gehen wir alle nach Hause. Die Leute gehen schlafen, nur der Boss ist noch im Salon. Ich leiste ihm Gesellschaft. Er denkt über den morgigen Tag nach. Wer arbeitet mit wem? Wer macht was? Wir unterhalten uns eine Weile, ich erzähle ihm, wie mein Tag war. Er meint, es sei eine Chance, in den USA zu arbeiten, und ich könne sehr viel Geld verdienen. Doch mir geht es in Frankreich gut, und ich bleibe lieber hier. Außerdem: Wenn ich gehe, kann ich ihn nicht mehr sehen. Damit ist unser Gespräch beendet, und wir gehen auf unsere Zimmer. Ich kann nicht einschlafen, ich denke an meine Zukunft. Wenn ich wieder in Paris bin, muss ich eine Wohnung suchen. Als ich nach Cannes gefahren bin, habe ich mein Zimmer aufgegeben. Wohin nun? Ich habe ein paar Kumpel an der Pigalle, dorthin werde ich gehen.

Unser letzter Tag. Ich bin gerade in der Maske, als mich zwei Amerikaner abholen wollen. Gestern Abend hatte ich dem Boss versprochen, für ihn eine Szene zu drehen, ich habe ganz vergessen, dass ich auch noch für die Amis arbeiten muss. Die Maskenbildnerin und ich erzählen ihnen irgendeine Geschichte. Ich habe keine Lust zu gehen. Sie verstehen. Ich entschuldige mich. Big Boss ist zufrieden. Auf dem Set bin ich die Einzige, die von Anfang an dabei war und immer noch da ist. Die anderen kommen sich sehr wichtig vor und haben ihn nach und nach im Stich gelassen. Eine hatte sogar eine Ausrede parat: Angeblich hat ihr ein Mädchen Geld gestohlen, und sie hat es zum Anlass genommen, Big Boss gegenüber frech zu werden. Er hat sie auf der Stelle rausgeschmissen. Ich war nicht dabei, als es passiert ist, aber als ich zurückkomme, packt sie gerade. Ich frage, was los sei, und sie sagt mir, der Boss habe beschlossen, dass wir auf eigene Kosten zurückreisen. Ich bin todunglücklich. Der Boss ist der wichtigste Mensch für mich. Ich packe und gehe runter.

Er sieht mich und fährt mich an: »Du bist genauso wie diese Hure! Auch du lässt mich sitzen, das hätte ich nie von dir gedacht!«

Ich begreife überhaupt nichts und erwidere: »Sie hat mir gesagt, dass du uns rauswirfst, also habe ich gepackt.«

Das betreffe mich nicht, sagt er. Ich bin erleichtert. Ich trage meinen Koffer wieder hinauf und verfluche sie.

Sie sieht, wie ich den Koffer wieder auspacke. »Was machst du da?«

Ich sage trocken: »Verpiss dich, du blöde Fotze, du wolltest unsere Freundschaft zerstören. Sprich mich nie wieder an!« Ich ahne nicht, dass sie es mir eines Tages heimzahlen wird.

Schließlich gehen wir zu einer Villa, die sich noch im Bau befindet. Zwei Burschen und ich. Die Szene fängt gut an. Doch einer der beiden hat gestern etwas zu tief ins Glas geblickt und kriegt keinen hoch. Er regt sich auf, und ich bekomme alles ab. Nach einer vergeudeten Stunde ist der Boss genervt, aber er verteidigt mich. Der Typ schimpft mich eine Amischlampe – das ist der Tropfen, der das Fass zum Überlaufen bringt. Ich scheiße ihn zusammen, gebe ihm, was er braucht! Da nimmt der Boss einen großen Stein und sagt, er soll jetzt endlich sein Maul halten. Er kann ihn nicht mehr ertragen. Doch wir müssen die Szene fertig drehen und so tun, als wäre nichts. Es ist hart, in so einer Situation zu lächeln, aber es klappt. Am Nachmittag habe ich eine weitere kleine Szene, ich muss einem Typ auf einem Katamaran einen blasen. Dabei werde ich so leicht seekrank! Doch es geht alles zügig und reibungslos vonstatten. Nach dem Drehen will mir der Boss die Gage für die Woche geben. Angesichts des Debakels vom Morgen lehne ich ab. Ich will ihm zeigen, dass ich nicht bin wie die anderen und dass er auf mich zählen kann. Ich finde, dass ich dieses Geld nicht verdient habe. Die ganze Zeit lang habe ich keine Szene vermasselt, nur seine. Er besteht noch einmal darauf, dass ich das Geld nehme, dann gibt er auf. Er weiß, dass ich meine Meinung nicht ändere. Er gibt mir einen dicken Kuss und bedankt sich. Ich finde es toll, dass er mich toll findet. Am Abend essen wir in einem schicken Restaurant in Cannes an der Croisette. Dann geht er mit seinem momentanen Lieblingsdarsteller ins Kasino. Wir gehen schlafen. Morgen reisen wir ab.

Um 22 Uhr kommen wir in Paris an. Wir gehen direkt zu Big Boss, seine Frau hat Geburtstag, sie hat für uns gekocht.

Beim Essen erzählen wir Anekdoten aus Cannes, wir tratschen über Lolo Ferrari, die bei allen großen Eindruck gemacht hat. Sie versteckt ihre Verzweiflung hinter einer überbordenden Aggressivität. Ich weiß nicht, ob ich Mitleid mit ihr haben soll oder eher das Gegenteil. Auf der Croisette sind wir in einiger Entfernung von ihr gelaufen. Eine alte Frau hat sie gefragt, warum sie so ausgiebig Gebrauch von der Schönheitschirurgie gemacht hätte: »Wie kamen Sie denn dazu?« Lolo hat sie ohne Rücksicht auf Verluste zur Hölle geschickt. Ich mag es nicht, wenn man älteren Menschen so wenig Respekt entgegenbringt. Abgesehen davon mag ich Lolo überhaupt nicht. Auf dem Set hat sie alle Leute verrückt gemacht mit ihren Medikamenten (alle fünf Minuten hat sie etwas eingenommen). Sie ist völlig gestresst vom Leben. Jedenfalls ist sie ein gutes Aushängeschild für den Film; es ist anscheinend die einzige Hardcore-Szene, die sie in ihrer Karriere gedreht hat.* Aber um auf unseren Abend zurückzukommen: Ich lerne die Frau und die Töchter vom Boss kennen. Sie sind vertrauenswürdig, ich beneide solche Bilderbuchfamilien. Die Kinder haben Respekt vor Mama und Papa und achten sich auch gegenseitig. Eine Familie, von der man nur träumen kann. Der Kamera-

* *Le King de ces dames* von Gabriel Pontello

mann fragt, ob ich bei ihm schlafen will. Morgen dreht er, ich kann mitarbeiten. Das passt mir gut, denn um diese Zeit mit so viel Geld in der Tasche zur Pigalle zu gehen, ist nicht gerade ratsam.

Wir stehen früh auf. Treffpunkt ist in Pavillons-sous-Bois im 93. Département. Das ist nicht gerade um die Ecke. Ich lerne Zabou kennen, ein supernettes, süßes Mädchen, und Coralie*, für die ich eine Szene mit einem großen Schwanz drehe.

Mit Coralie spreche ich mehr als mit Zabou. Coralie trägt Schwarz, sie sieht aus, als gehöre sie einer Sekte an, sie gehört aber zur Gothic-Szene »Batcave«. In Cannes habe ich mir ein Stück Schwamm reingeschoben, weil ich meine Tage hatte, nun steckt es immer noch drin, ich kriege es nicht raus. Ich spreche mit Coralie, vielleicht kennt sie einen Trick. Sie sagt, das sei sehr gefährlich und ich soll eine Scheidenspülung machen, durch das Wasser käme ich besser dran und könnte es greifen. Ich mache es sofort. Natürlich kann ich die Szene nicht mehr spielen, zumindest nicht vaginal. Die Jungs freuen sich, dass sie mich in den Arsch ficken können, und ich habe nichts dagegen. Nach dem Drehen nimmt mich die Maskenbildnerin mit zurück nach Paris und bringt mich in ein Hotel in ihrer Nähe. Ich nehme ein Zimmer für zwei Nächte, bis ich weiß, wo ich bleiben werde. Ich verbringe eine wohlverdiente geruhsame Nacht. Am Morgen will ich zum Frauenarzt gehen. Kaum bin ich wach, rufe ich meinen Agenten an und frage, ob er ein Angebot für mich hat. Ich soll vorbeikommen; das werde ich am Nachmittag tun. Danach gehe ich zum Arzt. Er untersucht mich und verschreibt mir Medikamente für zehn Tage. Ich soll keinen

* Coralie Trinh Thi, später Koregisseurin von *Baise-moi*.

ungeschützten Verkehr haben. Gut. Ich gehe mit dem Rezept direkt zur Apotheke.

Als ich wieder im Hotel bin, rufe ich Mylène an. Sie war in Cannes dabei. Sie sitzt in der Scheiße, weil der Sozialdienst rausgekriegt hat, dass sie Pornos dreht. Nun braucht sie 5 000 Steine für einen Rechtsanwalt, damit ihr das Sorgerecht für ihren Sohn nicht entzogen wird. Wir verabreden uns an der Métro-Station Blanche, wo sie einen Job in einem Sexshop hat. Ich gebe ihr das Geld, sie verspricht mir, es bald zurückzuzahlen, und schlägt mir vor, eine Zeit lang bei ihr zu wohnen. Ich bin einverstanden. Dann gehe ich zu meinem Agenten in der Nähe der Métro-Station Danube. Er hat ein Angebot, aber ich kann keinen Verkehr haben und muss ablehnen. Ich rufe Big Boss an, schildere ihm meine Situation und sage ihm, dass er mich bei Mylène erreichen kann.

Zweite Nacht im Hotel. Ich packe mein Zeug, um keine Zeit zu verlieren. Mylène wohnt in Saint-Denis, das ist ziemlich weit. Finde ich das? Ich komme an, deponiere meine Sachen, und sie schlägt mir vor, zum Châtelet zu fahren und ein bisschen zu bummeln. Ich habe keine richtige Lust, sage aber nichts. Wir klappern alle Boutiquen ab, und diesmal werfe ich echt viel Geld raus.

Um 6 Uhr weckt uns das Telefon. Big Boss. Er braucht mich in drei Tagen, aber er will Mylène nicht dabeihaben. Mylène will heute allein sein. Ich dusche, trinke Kaffee und gehe. Ich sage ihr, ich sei um acht wieder da. Als ich wie verabredet zurückkomme, macht sie mir nicht auf. Ich warte fast eine Stunde – immer noch nichts. Ich warte und warte – vielleicht ist sie noch nicht da. Es ist fast elf, ich sehe Licht in der Wohnung. Diese blöde Sau hat mich die ganze Zeit draußen stehen lassen! Ich trommle wie verrückt an die Tür. Dass sie mich nicht haben will – na gut. Aber ich will meine Sachen auf keinen Fall bei ihr lassen. Da ich mitten in der Nacht so einen Krach schlage, muss sie mir wohl aufmachen. Sie flucht. Ob ich nicht ganz bei Trost sei? Als ich in die Wohnung komme, liegt ihr Typ im Bett. Alles klar. Ich nehme meine Sachen und gehe wortlos. Ich rufe ein Taxi und fahre zur Pigalle. Dort habe ich ein paar Kumpel, ich hoffe nur, sie sind zu Hause. Ich habe Glück. Sie wollen gerade gehen, als ich komme. Sie geben mir ganz selbstverständlich den Schlüssel, ich schalte die Alarmanlage aus und schlafe gleich ein. Morgen habe ich den ganzen Tag Zeit zum Nachdenken, vor allem darüber, wie Mylène mich behandelt hat, nachdem ich ihr so einen großen Gefallen getan habe.

Am nächsten Tag gehe ich in den Sexshop. Sie ist nett und entschuldigt sich für gestern. Ich tue so, als sei nichts gewesen. Sie fragt mich, ob sie mich zum Set begleiten kann, vielleicht könne der Boss sie ja brauchen. Ich weiß, dass er nicht einverstanden ist, aber ich tue es und schildere ihm, was passiert ist. In der Nähe des Cafés Les Trois Obus habe ich einen Kumpel, der uns hinfährt. Ich lerne die neuen Mädchen kennen, sie sind total nett. Wir fahren ins 77. Département, essen zu Abend und gehen schlafen. Die ersten Drehtage sind wegen meiner kleinen Unpässlichkeit ohne Penetration. Alles läuft gut, bis meine Schonzeit zu Ende ist. Dann steht mir eine Doppelpenetration bevor. Ich habe Angst, große Angst, versuche aber, es nicht zu zeigen. Ich beherrsche mich wegen Big Boss, ich schulde es ihm nach allem, was er für mich getan hat.

Die Szene fängt an. Wir sind Schüler in einer Klasse, die gerade ihr Schäferstündchen halten. Einstellung: Küssen. Einstellung: Ausziehen. Ich lutsche einen nach dem anderen, dann Vaginalverkehr und Analverkehr. Bis dahin ist alles normal, dann aber wird es spannend. Big Boss will einen normalen Doppelfick, einer vorn, einer hinten. Ich habe das in meiner Laufbahn zweimal gemacht: einmal, um dem Boss einen Gefallen zu tun, das andere Mal, weil ich korrekt bezahlt wurde. Ich finde diese Szenen richtig »hart«, ich habe keinen Sinn dafür, privat würde ich so etwas nie tun, es ist genau das, was mich überhaupt nicht anmacht. Andere Mädchen hat es schlimmer getroffen: Doppelanal, Doppelvaginal, dann beides gleichzeitig. Das muss man sich vorstellen: vier Typen von allen Seiten, das Mädchen auf allen vieren kriegt kaum Luft, und das mindestens zwei Minuten in Großaufnahme. Es tut schon beim Hinsehen weh – ich kann mir überhaupt nicht vorstellen, wie es ist, es auch noch zu tun. Das würde ich niemals machen, und wenn ich Nein sage, meine ich Nein. Wir liegen zu dritt auf einem großen Küchentisch. Die Männer liegen zu beiden Seiten neben mir, ich kann mich nicht entziehen. Der Erste schiebt sich in meine Scheide, der Zweite drängt sich in meinen Hintern. Er hat Probleme, und ich will ihm helfen. Das gelingt mir auch. Der Boss will eine Minute in dieser Stellung. Ich bin hin und her gerissen zwischen meinem Wunsch, ihm zu geben, was er will, und meiner Schwäche: Ich sehe nur noch Sternchen. Ich weiß, dass ich das nicht durchhalte. Es musste ja so kommen – ich werde ohnmächtig, niemand kriegt es mit. Big Boss findet die Szene toll und bedankt sich bei mir. Da komme ich wieder zu mir. Ich höre: »Bravo, Kinder, spritzt jetzt.« Das ist der beliebteste Augenblick, denn »spritzen« heißt: Es ist zu Ende. Wir drehen ab, ich gehe duschen.

Am nächsten Tag habe ich ein kleines Stück zu spielen und eine Szene mit einer Deutschen. Sie heißt Michèle, sie ist hübsch und nett. Der Boss will mir ein Geschenk machen: Ich habe einen Dildo und spiele den Mann. Ich freue mich total. Ich kann das Gleiche mit ihr machen, was sie auch mit mir gemacht hat. Mit einem breiten Lächeln auf den Lippen schlafe ich ein. Ich stehe als Erste auf. Um 9 Uhr bin ich drehbereit, alle sind erstaunt. Ich habe schon den Dildo in der Hand. Ich habe alle Stäbe ausprobiert und den genommen, der mir am besten liegt. Nach und nach stehen die Leute auf, ich kann es kaum erwarten, dass alle für *meine* Szene bereit sind. Man ruft mich. Mit meinem Supergerät in der Hand gehe ich vorher zu Michèle und zeige ihr, dass *ich* heute Morgen sage, wo es langgeht. Sie ist verdutzt, sie weiß nicht, ob sie einwilligen oder ablehnen soll. Für mich ist sie keine Frau mehr, sondern ein Objekt der Begierde. Ich sage: »Du hast keine Wahl, Alte, ich besorg's dir!« Fröhlicher noch, als ich gekommen bin, verlasse ich den Raum. Wir werden auf dem Set erwartet. Am Anfang muss ich nicht dabei sein. Man erklärt mir die Szene: Ich gehe in ihr Zimmer, sie ist in Dessous, sagt, ich soll mich auf ihr Bett setzen, das treffe sich gut, dass ich da sei, und so weiter. Dann zieht sie einen Dildogürtel aus der Schublade und bietet ihn mir an. Ich nehme ihn, betrachte ihn und amüsiere mich damit. Das scheint okay zu sein, aber bevor ich den Dildo nehme, muss ich sie streicheln, küssen und – der Gnadenstoß – lecken. Ich will den Produzenten sprechen und ihm sagen, dass ich sie nicht lecke; wenn die Männer eine Szene drehen, lecken sie auch nicht. Warum also ich? Kein Problem, sagt er, dann leckt eben sie mich. Ich frage: Wenn ich einen Dildo habe, dann kann sie mir doch einfach einen blasen? Der Produzent ist einverstanden. Ich bin froh. Die Szene läuft so, wie er und ich vorgesehen hatten. Nur eine Sache wusste ich nicht: Es ist nämlich gar nicht so einfach, den Mann zu spielen. Ich muss Stellungen einnehmen, die nur ein Sportler bewältigen kann. Und zu allem Übel ist das Mädchen bestimmt zwanzig Zentimeter größer als ich; da ist es nicht einfach, Junge zu sein. Am Nachmittag habe ich nur noch das Stück; das ist einfach. Ich spiele eine Schülerin, die mit ihren Kameradinnen einen trinkt und über nichts anderes redet als übers Vögeln. Cool. Dann habe ich frei bis morgen.

Ich treffe Big Boss. Er fragt, wie es mit der Wohnungssuche steht. Ich habe immer noch nichts. Er sagt, morgen sei eine Darstellerin dabei, die eine Mitbewohnerin sucht. Er will mit ihr reden und mich empfehlen. Ich drücke ihm einen dicken Kuss auf die Backe.

Wenn Big Boss dreht, ist die Stimmung beim Essen immer toll; als seien wir eine große Familie. Ich fühle mich dort sehr wohl. Die einen gehen zurück nach Paris, die anderen kommen. Im Allgemeinen sind die Französinnen ein bisschen dämlich, aber im Grunde sind sie alle sehr nett. Ich freunde mich mit zwei von ihnen an, Christa und Sonya, Christa hat zwei Kinder, die bei ihren Schwiegereltern leben, weil sie sich nicht um sie kümmern kann. Die übliche Leier: Sie macht es nur wegen des Geldes. Sonya hat einen Sohn, für den sie sorgen muss. Dieses Problem haben die meisten Mädchen, deshalb landen sie in dieser Branche. Und da stellt sich für mich die Frage: Warum bin ich dann dabei? Ich habe keinen guten Grund. Das Geld vielleicht, aber das kann bei mir nicht das Einzige sein. Aber gute Gründe …

Das Mädchen kommt, von dem mir der Boss gestern erzählt hat. Sie war zwei Nächte bei uns in Cannes. Sie ist süß und nett. Sie ist gleich einverstanden, mit mir die Wohnung zu teilen. Sie gibt mir ihre Adresse, ich rufe sie an, sobald ich wieder in Paris bin. Allerdings hat sie ein großes Problem: Sie muss ein Mädchen loswerden, dem sie angeboten hat, bei ihr zu wohnen; es ist das Mädchen, das mit gefälschten Papieren bei uns in Cannes war. Ich verspreche, mich darum zu kümmern, wenn ich in der Wohnung bin. Am liebsten wäre ich auf der Stelle hingegangen, aber ich muss noch drei Tage malochen. Offenbar hat sie Vertrauen zu mir. Und ich bin nicht mehr obdachlos; das ist gut. Wir drehen ab, und ich gehe zu meinen Kumpeln an der Pigalle und schlafe noch eine Nacht dort. Dann rufe ich meine künftige Mitbewohnerin an. Wir verabreden uns für 17 Uhr am Ausgang der Métro-Station. Wir schauen die Wohnung an, sie ist groß und gut geschnitten. Die Miete beträgt 3 530 Francs durch zwei. Allerdings ist ein Großputz nötig. Nicht, weil meine Mitbewohnerin schmutzig ist, sondern weil diese Virginie in meinem Zimmer wohnt. Ihr geht alles am Arsch vorbei. Wegen ihr gleicht die Wohnung einem Slum. Das finde ich fürchterlich. Ihre Fixerkumpel, die ganzen Penner, kommen und gehen, wann sie wollen, und leeren den Kühlschrank, als würde es ihnen zustehen. Dass andere Leute schlafen wollen, kratzt sie nicht. Morgen werde ich dem Mädchen sagen, dass ich unter solchen Bedingungen nicht leben will und die Sache in die Hand nehme. Da ein Teil der Miete noch nicht bezahlt ist, stehen eher mir die Schlüssel zu als der anderen. Nach zwei Tagen habe ich die Schlüssel. Virginie arbeitet jeden Abend in einer Peep-Show. Sie ruft in der Wohnung an, ich nehme ab. Dumm gelaufen für sie. An ihrer Stimme höre ich, dass sie erstaunt ist, mich am Telefon zu haben. Ich mache zwar nicht den Eindruck, aber ich kann mich durchsetzen. Viele Leute haben deshalb Respekt und vor allem Angst vor mir. Ich sage: »Ab morgen wohne ich dort, nicht du. Und deine Kumpel will ich nicht mehr sehen. Du hast eine Woche Zeit zu verschwinden.«

Beim Aufräumen finde ich Extasy, Koks und Shit unter dem Teppichboden. Ich triumphiere. Meine Beute landet in der Kloschüssel. Und das Beste: Ich finde ihre echten Papiere; sie ist tatsächlich minderjährig. Ein Punkt für mich. Ich verstecke die Papiere, bis sie wiederkommt. Dann kommt meine Mitbewohnerin. Ich erzähle ihr, was ich gefunden habe. Als hätte ich ihr einen Dolchstoß versetzt! Sie kriegt sich nicht mehr ein. Ich sage ihr, dass ich alles das Klo runtergespült hätte und dass sie mir unbedingt helfen müsse, die Papiere zu verstecken. Sie hat Angst, große Angst. Ich weiß nicht, wovor. Offenbar hat sie Schiss vor den anderen. Mir ist das alles piepegal. Was riskiere ich schon? Es ist spät, die andere wird bald kommen. Ich rate meiner Mitbewohnerin, die Tür nicht aufzumachen und die Kette vorzulegen. Es gibt keinen Grund, warum sie reinkommen muss.

Ich schlafe schnell ein. Um 1 Uhr macht jemand das Licht in meinem Zimmer an, ich wache auf. Es ist Virginie. Und sie ist nicht allein. Träume ich? Wie ist sie reingekommen?

Sie: »Und? Am Telefon kannst du wohl die Klappe aufreißen!«

Ich springe auf. »Die Schlüssel lässt du da, wenn du gehst. Deine Sachen stehen bereit. In einer halben Stunde bist du verschwunden!«

Ich glaube, ich habe sie aus der Fassung gebracht, aber sie sagt: »Du bist ziemlich von dir überzeugt. Aber was willst du gegen uns machen?«

»Gegen euch?« Ich lache. Ich fühle mich mächtig, habe aber zugleich Angst. »Wenn ihr in einer halben Stunde nicht weg seid, hole ich die Bullen. Und wenn du deine

Papiere brauchst – du kannst sie morgen abholen, aber nur, wenn du jetzt brav bist!«

Sie fängt an zu weinen. Ich habe gewonnen.

Heute will ich im Tiffany Studio vorbeischauen; ich war lange nicht mehr dort. Nun fängt ein neues Leben an. Am Nachmittag will ich den Boss anrufen, jedenfalls habe ich es vor. Ich gehe zu meinem Agenten; dort ist ein Haufen herausgeputzter Mädchen, ich bin überrascht. Läuft es wieder besser? Ich unterhalte mich mit zwei Mädchen, die ich kenne, mit den anderen mache ich mich bekannt, wir tauschen Adressen aus. Der Agent hat ein Angebot: Eine Woche Perpignan, Bi-Szenen. Ich denke: Why not? An diesem Tag lerne ich auch meine spätere beste Freundin kennen. Sie ist schwarz, jung, hübsch. Damals mochte ich Schwarze noch nicht; ich glaube, das hat sie gespürt, denn ich habe keinen Hehl daraus gemacht.

Ich gehe nach Hause und rufe Jeff an, den Fotografen, für den ich arbeiten soll. Wir verabreden uns für den nächsten Tag; Kostüme und Schminke muss ich stellen. Wieder muss ich mindestens fünf Jahre jünger aussehen. Christa ruft an, sie will mich mal privat treffen. Da ich morgen arbeiten muss, sehen wir uns in zwei Tagen. Sie will die kleine Schwarze mitbringen. Das passt mir nicht, aber ich sage nichts. Meine Mitbewohnerin hat sich mit ihren Eltern aufs Land verzogen, die beiden können bei mir schlafen. Außerdem habe ich Gelegenheit, Frühjahrsputz zu machen.

Die Fotos sind schnell geschossen, dieser Jeff scheint wirklich gut zu sein. Und er ist nett, richtig nett. Ich lerne einen Kerl kennen, der mich auch für ein Shooting will. Zufrieden mit meinem Tag, aber müde wie noch nie, gehe ich nach Hause. Ich lege mich hin und schlafe auch gleich ein. Die Mädchen kommen um 14 Uhr, ich muss noch ein paar Besorgungen machen und ein wenig aufräumen. Wir hören Musik, albern herum. Sie fragen, ob sie bei mir schlafen können, ich sehe kein Problem. Morgen wollen wir alle zusammen zum Agenten gehen. Die Mädchen würden sich freuen, wenn er ein kleines Angebot für sie hätte. Am Abend sollen wir eine kleine Sache für Canal + machen. Wir schminken uns, ziehen lange Kleider und High Heels an und fahren zum Châtelet, wo wir verabredet sind. Marie, die kleine Schwarze, rennt zur Métro hinunter, fällt hin, der Absatz bricht ab. Scheiße.

Sie schreit: »Wartet! Haltet die Türen auf! Ich habe meinen Absatz verloren. Wartet!«

Die Leute auf dem Bahnsteig lachen sich tot, wir lachen am meisten. Marie will den Absatz wieder anbringen, dann gibt sie auf und tut so, als sei nichts; den Absatz hält sie in der Hand. Ich trage ein sehr dünnes Kleid. Als ich die Arme ausstrecke, platzt – *schrrtt* – die rechte Naht. Wir haben keine Zeit mehr zum Umziehen, die Leute warten schon. Was tun? Marie mit dem Absatz in der Hand, ich mit dem aufgerissenen Kleid – ein tolles Duo! Nach dem Dreh marschieren wir in die erstbeste Boutique, ich kaufe ein neues Kleid. Marie ist inzwischen gut zu Fuß, der fehlende Absatz stört sie nicht mehr besonders. Wir gehen wieder zu mir. Was haben wir gelacht!

Mit der Zeit wohnen immer mehr Mädchen bei mir, aber meine Mitbewohnerin kommt bald aus dem Urlaub zurück, und ich fände es nicht gut, wenn die Mädchen dann noch da sind. Vor allem, weil nur Marie hin und wieder sauber macht, den andern ist alles scheißegal, das kotzt mich echt an. Wenn ich sehe, wie sie mit der Wohnung umgehen, möchte ich nicht wissen, wie sie selbst wohnen!

Aber ich weiß ja, dass sie keine Kohle haben, und irgendwie bringe ich es nicht über mich, sie rauszuschmeißen. Ich sage ihnen lediglich, dass sie gehen sollen, wenn meine Mitbewohnerin wiederkommt. Ich muss für eine Woche nach Perpignan, ich treffe die Mädchen danach wieder.

Wir verabreden uns für den Nachmittag im Tiffany Studio, ohne eine konkrete Uhrzeit auszumachen. Als ich dort hinkomme, ist die Tür zu meiner Überraschung verschlossen, kein Mensch ist da. Marie hat jedoch eine Nachricht hinterlassen: *Bin gegen Mittag vorbeigekommen. Die Polizei war da, meine Papiere wurden kontrolliert, sie haben ihn verhaftet und die Tür versiegelt. Ich habe den Saustall aufgeräumt. Ich komme morgen gegen 15 Uhr. Gruß, Marie.*

Scheiße! Meine Papiere, meine Daten, die Kassette! Sie haben alles mitgenommen. Das weiß ich, als ich zu Hause eine Vorladung bekomme. Ich soll aussagen. Aber wozu? Ich bin volljährig, ich habe nichts verbrochen. Was wollen sie von mir? Ich hoffe, sie haben nicht alles geholt. Ich nehme allen Mut zusammen und gehe zurück. Ich muss da rein. Natürlich habe ich keine Schlüssel. Was tun? Ich muss die Tür aufbrechen, es geht nicht anders. Ich warte in dem kleinen Kabuff, bis das Büro nebenan schließt, und überlege. Nichts. Ich habe keine Wahl, ich muss die Tür aufbrechen. Das ist nicht leicht, sie hat drei Riegel. Erst gehe ich sachte vor, es ist 17 Uhr, und zu dieser Zeit muss man leise sein. Doch das bringt nichts. Ich hole tief Luft, nehme Anlauf und werfe mich gegen die Tür. Das war's. Ich bin drin. Ich bin stolz auf mich, aber ich habe auch Angst, dass man mich gehört haben könnte. Doch was soll's? Ich durchsuche den Raum – alles weg. So ein Mist! Ich gehe wieder, morgen sehe ich klarer. Mit Marie sind wir zu zweit, und zu zweit ist alles leichter.

Als ich zurückkomme, ist das Büro voller Leute. Mädchen, ein Redakteur einer Pornozeitschrift, ein kleiner Produzent. Ich soll mich um alles kümmern, soll irgendwie den Karren ziehen. Gut. Ich kümmere mich ums Telefon und um die Mädchen. Die Produzenten sind nervös, sie müssen drehen. Wer soll ihnen jetzt Mädchen besorgen? Na klar – ich! Ich wusste gar nicht, dass ich nun auch Agentin bin, ich freue mich lediglich, dass man mir Verantwortung überträgt – das heißt, man hat Vertrauen zu mir.

Das Telefon klingelt, ein komischer Typ ist dran: »Mit wem habe ich die Ehre?«

Scheiße. Sicherlich ein Bulle! »Und wer sind Sie?«

»Das kann ich Ihnen nicht sagen. Aber hauen Sie ab! Sie bekommen Probleme, wenn Sie bleiben. Man hat ihn wegen Pädophilie verhaftet.«

Ich bin von den Socken, ich glaub's nicht! »Wie bitte? Was sagen Sie da?« Ich drücke die Lautsprechertaste, damit alle mithören können.

»Ja, sie haben ihn wegen Pädophilie drangekriegt. Das Telefon wird bestimmt abgehört. Verlassen Sie das Büro so schnell wie möglich. Ich rufe morgen wieder an.«

Er legt auf. Will er uns verarschen? Er will, dass wir uns verziehen, gleichzeitig aber will er morgen wieder anrufen. Eigenartig!

Ein weiterer Anruf.

»Hallo?«

»Guten Tag, ich rufe wegen der Mädchen an, die nach Perpignan zum Set fahren sollen. Haben Sie welche?«

Die Dame ist wohl nicht auf dem Laufenden. Da man mich ausgesucht hat und damit ich nicht die Orientierung verliere, notiere ich die Namen aller Mädchen, die im Büro sind. Die Dame sagt, dass ihr eigentlich nur ein

Mädchen fehlt. Sie weiß nicht, wer diese Raffaëla sei, aber die hätten sie ausgesucht. Ich gebe ihr meine Adresse, sie schickt mir ein Bahnticket. Ich bin zufrieden. Eine weitere Woche Arbeit. In drei Tagen fahre ich.

Marie hat keine Lust, nach Hause zu gehen, und ich schlage ihr spontan vor, zu mir zu kommen. Sie ist einverstanden. Ich mag die Kleine immer mehr, sie ist nicht wie die anderen. Sie meint es ernst mit mir, sie ist keine Schmarotzerin. Sie ist mit dem zufrieden, was sie hat. Ich will ehrlich zu ihr sein, sie soll wissen, dass ich sie wegen ihrer Hautfarbe anfangs nicht so mochte. Sie sagt, dass sie mich auch nicht mochte, denn sie dachte, ich sei eingebildet, weil ich eine Wohnung und Geld hätte. Vielleicht hat sie Recht. Die anderen hatten sie anscheinend vor mir gewarnt. Ich frage mich zwar, warum, suche aber nicht wirklich eine Antwort, das ist mir nicht wichtig. Seitdem weicht mir Marie nicht von der Seite. Ich packe für Perpignan. Was wird Marie in dieser Woche machen?

In Perpignan treffe ich Flo und ein anderes Mädchen aus Paris – sie nennt sich MC, Englisch ausgesprochen. Des Weiteren eine Spanierin, Drüna, zwei Mädchen aus Lyon, Lynda und Nathalie, Laure aus Rennes und viele Männer. Rodolphe ist furchtbar nett, offenbar ist er hier der Star. Gérard war früher Metzger, er ist steinreich und großzügig und dreht aus purem Vergnügen Pornos. Die Technik-Crew kommt größtenteils aus Amerika. Gérard hat ein eigenes Hotel mit Schwimmbad und Whirlpool, während der Dreharbeiten wohnen wir alle dort. Ich teile das Zimmer mit MC und Drüna, die wir jedoch nach einer Nacht rauswerfen: Sie ist so dreckig!

Erste Szene: Ich vögle mit einem Kerl. Was für ein Einstieg! Lynda macht nur lesbische Szenen. Als Drüna das erfährt, macht sie alle Leute verrückt, weil sie nicht mehr mit Männern drehen will. Der einzige Haken: Niemand will mit ihr arbeiten, weil sie so ungepflegt ist. Natürlich – in der zweiten Szene ist sie meine Partnerin. Ich sage zu Gérard, dass ich eine zusätzliche Darstellerin will, wenn ich schon mit Drüna arbeiten muss. Wir wollen ihr in der Szene beibringen, sich zu waschen. Gérard findet die Idee klasse. Zum Essen kommen alle geduscht. Wir albern herum, bis Drüna kommt – sie hat immer noch Sperma im Gesicht. Hält sie das für eine Schönheitsmaske? Ich stehe auf, verlasse den Tisch, die anderen folgen nach und nach angewidert. Um 15 Uhr drehen wir: Ich binde Drüna an einen Baum und nehme einen Wasserschlauch, die andere seift Drüna ein, ich spritze sie gründlich ab. Nach einer halben Stunde ist sie so sauber wie noch nie in ihrem Leben. Nun kann sie arbeiten, mit wem sie will.

Die nächste Szene mache ich mit Nathalie und einem Mann. Sie und ich spielen Billard, wir albern mit der Queue und den Kugeln herum, dann kommt der Mann. Ich finde ihn nicht schön, und ein Profi ist er auch nicht. Ich bringe ihn absichtlich durcheinander. Ich will nicht, dass er mich bumst. Erst nimmt er die andere. Ich funke ständig dazwischen, es funktioniert, er schafft es nicht. Ich falle ihm schrecklich auf die Nerven, er regt sich auf.

»Raffaëla, entschuldige, aber wegen dir geht es nicht. Sei also still!«

»Ist doch nicht mein Problem, wenn du keinen hochkriegst! Tschüss!«

Ich tue so, als sei ich beleidigt, und verziehe mich. Ich freue mich riesig, dass ich es wieder mal geschafft habe. Der Drehtag ist zu Ende, wir gehen alle essen.

Gérard findet meine Leistung toll. »Du bist eine der wenigen, die solche Sachen können. Das gefällt mir.«

»Wenn du zufrieden bist, bin ich es auch.«

Der Typ kommt nicht zum Essen. Er ist sicherlich sauer, vielleicht will er mich auch nicht mehr sehen. Egal, er interessiert mich nicht.

Nach drei Drehtagen fliegt Lynda raus. Am Nachmittag geht Flo. Kein Gemeinsinn, kein Engagement. Dass man Wort hält, zählt für Gérard.

Am letzten Drehtag werfen mich zwei Typen in voller Montur ins Schwimmbecken. Arschlöcher! Ich drehe noch *Raphaella s'offre à toi – Raffaëla gibt sich dir hin.* Das sind mindestens fünf Szenen bis zur Abreise. Aber gut, jede Szene dauert nur eine Stunde. Das Gute ist, dass ich mich nicht den ganzen Tag lang bumsen lassen muss. Ich kann mir die Szenen und auch meine Partner aussuchen. Um 18 Uhr unterschreiben wir den Vertrag und bekommen die Kohle.

In Paris ruft mich ein italienischer Redakteur an, Christa hat ihm meine Nummer gegeben. Sie soll in Turin eine Erotik-Show zu zweit machen. Ich habe keine Lust, aber sie braucht Geld. Sie erinnert mich daran, dass ich den Mädchen versprochen habe, ihnen zu helfen, Kohle zu verdienen. Ich kann mein Wort nicht brechen. In einer Woche fahren wir. Wir müssen die Show vorher ausarbeiten und natürlich geeignete Kleider kaufen.

Ich habe noch nie Striptease gemacht. Zwar hatte ich fünf Jahre Tanzunterricht, aber ich habe nicht gelernt, die Zuschauer anzumachen. Wir tanzen zu Madonna, sieben Lieder, mindestens fünfunddreißig Minuten. Das ist lange. Wir müssen die Reihenfolge festlegen. Mit *Like a Prayer* steigen wir ein. Zu *La Isla Bonita* fangen wir an, uns auszuziehen. Höschen und BH müssen wir sicherlich bis zum Ende anbehalten, also müssen wir die Show mit anderen Sachen ausfüllen. Das hängt davon ab, was wir auf der Bühne machen dürfen.

Ich rufe den Italiener an. »Hallo Andrea, hier ist Raffaëla.«

»Hallo, *come va, bella*?«

»Gut. Sag mal, was dürfen wir bei der Show denn so machen?«

Wir dürfen das Publikum jederzeit einbeziehen. Das hilft uns aus der Verlegenheit, aber weiter als bis zum Höschen dürfen wir auf keinen Fall gehen. Mehr brauche ich gar nicht. Sobald wir die Show ausgearbeitet haben, rufe ich zwei Kumpel an, und wir führen sie vor. Es gefällt ihnen, zuversichtlich fahren wir ab. Kaum sind wir in Turin, kriege ich auch schon Krach mit dem Chef von dem Laden. Wir haben einen ganzen Tag Zugfahrt hinter uns, und er will, dass wir gleich auf die Bühne gehen. Er ruft Andrea an, ich soll mit ihm reden.

»Du, ich bin müde, ich mache heute Abend nichts.«

»Dann schmeißt er dich raus.«

»Egal, ich nehme den nächsten Zug.«

»Nein, tu das nicht! Gib mir den Hörer.«

Die beiden diskutieren. Um 17 Uhr hat sich alles wieder beruhigt, und er fragt mich, ob ich um 21 Uhr 30 eine Viertelstunde arbeiten würde. Gut, aber erst will ich duschen und essen. Er bringt uns ins Hotel. Christa lallt herum, sagt, ich sei verrückt. Vielleicht bin ich verrückt, jedenfalls funktioniert es. Im Restaurant finde ich den Clubbesitzer ganz nett, es ist ein unglücklicher und netter Herr. Er hat ein Open-Air-Kino und lädt mich ein, *Die Zeitritter* auf Italienisch anzusehen. Ich bin einverstanden, wir werden Freunde. Nun müssen wir auf die Bühne, ich habe schreckliches Lampenfieber. Aber es muss sein. Ich denke an gar nichts, ich gehe einfach raus.

Der Besitzer stellt uns vor: *»Per la prima volta in Italia, due Francese …«*

Life is a mistery, every one must stand alone, I hear you call my name and it feels like home.

Wir kommen auf die Bühne. Das Publikum klatscht, schreit, feuert uns an. Von Anfang bis Ende haben wir uns nicht einmal vertan. Einer ist sogar mit uns auf die Bühne gekommen, er hat in seine Hose gespritzt. Zwei geile Schlampen – Porno hilft. Am letzten Abend haben wir unsere Kleider ins Publikum geworfen.

In Paris rufe ich Marie an. Sie hat die Schnauze voll von ihrem Typ, sie hat einen anderen. Ich sage, sie soll zu mir kommen. Ich mag Leute nicht, die fremdgehen. So etwas ist für mich nicht normal. Wenn man jemanden nicht mehr liebt, macht man eben Schluss, und fertig. Marie lebt bei ihm. Sie ist von zu Hause ausgezogen, um »ihre Freiheit zu haben«, und nun ist sie von ihm abhängig. Wir drehen drei Tage für Big Boss außerhalb von Paris. Vielleicht kann sie danach die richtige Entscheidung treffen. Ihr neuer Typ will sie nur bumsen, der Rest ist ihm egal. Schließlich bleibt sie bei ihrem Freund.

Im Oktober schlägt uns Big Boss vor, mit ihm einen Erotik-Salon zu machen. In einer Woche. Bis dahin habe ich noch zwei Jobs in Aussicht. Shooting mit Jeff und Shooting mit Guy, der mir vor einigen Monaten ein Angebot gemacht hat. Ich arbeite erst mit Guy. Alles läuft gut. Bei Jeff habe ich ein paar Probleme, aber die Typen sind auch nicht besser. Um Mitternacht sind wir fertig. Ich habe keine Zigaretten mehr. Ich fahre zur Gare de l'Est, vielleicht ist der Kiosk offen. Geschlossen. Ich verlasse den Bahnhof und klappere die Tabakbars ab. Alles zu. Ich brauche Kippen, wenn ich keine Kippen habe, kann ich nicht schlafen. Ich gehe Richtung Strasbourg-Saint-Denis, dort gibt es einen offenen Kiosk. Zwei Schachteln Philip Morris. Ich bin erleichtert. Nun muss ich nur noch ein Taxi finden. Da machen mich zwei Typen an. Mein Plakat hängt in den meisten Sexshops.

»He, bist das nicht du?«

»Und wenn?«

Der eine verzieht sich, der andere lässt nicht locker. Nach dem Motto: Er will sich unterhalten. Er schlägt vor, etwas trinken zu gehen, ich lehne ab. Da hält ein Wagen, in null Komma nichts bin ich drin. Ich glaub's nicht! Sie haben mich mitgenommen. Sie sagen, mir würde nichts passieren. Um mich zu beruhigen, zeigen sie mir ihre Ausweise. Sie seien bei der Armee und hätten gerne Freundinnen. Ich tue so, als würde ich mich nicht aufregen, ich bin ganz ruhig. Ich sage ihnen, so macht man sich keine Freundinnen, wenn man sie mit Gewalt ins Auto zerrt.

Der eine sagt, er fahre morgen wieder ab und müsse zu Hause seine Sachen holen, dann würden wir was trinken gehen und sie würden mich nach Hause fahren. So ist das! Sie entscheiden, was ich tue! Ich sage ihm, ich habe keine Lust, ich bin müde und will nach Hause. Wieder sagt er, er hole seine Sachen und sie würden mich heimfahren. Ich sitze hier im Auto fest und kann nichts tun. Wir halten an der Rue des Pommiers in Pré-Saint-Gervais. Sie steigen aus und diskutieren. Ich will hier weg. Ich steige aus, der eine packt mich, der andere macht eine Haustür auf. Sie ziehen mich rein. Es ist ein verlassenes Haus. Überall stehen Flaschen.

»Trink jetzt!«

»Ich will nicht, du Arschloch!«

»Führ dich nicht so auf! Wenn ich will, kann ich dich töten, du Fotze.«

»Genau! Mach das, töte mich!«

Der andere will es ihm ausreden. Schließlich nimmt er mich als Erster.

Sein Kumpel kann es kaum erwarten. »Also, dann mach schon, halt dich ran. Du hast zwei Minuten, dann zieh ich dich runter.«

Der andere nimmt mich und lächelt die ganze Zeit. Er stinkt nach Alkohol. Ich sage nichts.

Er: »Oh, ist das gut. Oh, ich komme!«

Dann komm schon, du Arsch! Doch er hat keine Zeit mehr, sein Kumpel zerrt ihn weg. Er will, dass ich ihn lutsche.

»Weißt du was? Töte mich, das ist besser. Du wirst nämlich noch bereuen, was du mir antust, du Sackgesicht!«

»Sag mir, dass du mich liebst!«

»Fick dich, ich liebe dich nicht!«

»Ich mag so Wilde wie dich!«

Ich bin still. Je mehr ich sage, desto mehr erregt es ihn. Ich habe Angst. Und wenn er mich echt umbringt? Aber ich weine nicht. Ich tue so, als würde ich eine Szene drehen. Das hilft. Im Film tut man es eben, auch wenn man die Leute nicht mag. Dieses Arschloch will nicht kommen, er hat sich unter Kontrolle. Die wievielte Jagdtrophäe bin ich für ihn? Diese beiden Schwänze nehmen nicht mal Gummis. Das nutze ich aus.

Ich fahre ihn an: »Wie du weißt, bin ich Pornodarstellerin, ich nehme nur selten Gummis. Du gehst ein großes Risiko ein – vielleicht trage ich ja den Tod in mir. Aids. Sagt dir das was? Du willst mich umbringen – aber du bist vielleicht schon tot!«

Gewonnen. Er erstarrt. Ich stehe auf, ich kann gehen.

Er: »Ich kann dich bezahlen, wenn du willst.«

Ich lächle und gehe. Ich renne zum nächsten Taxistand. Ich krame in meiner Geldbörse – keine Kohle mehr. Nicht genug, dass sie mich vergewaltigt haben, diese Schweinehunde haben auch noch mein Geld geklaut! Und meine Bankkarte ist auch weg. Ich muss die Métro nehmen, anders geht's nicht. Doch ich habe nicht mal mehr einen Franc für ein Scheißticket! Dann fahre ich eben schwarz, was bleibt mir anderes übrig? Doch Mist, es ist erst 4 Uhr! Hier will ich nicht bleiben, also muss ich zu Fuß gehen. Warum wohne ich auch so weit weg?

Gegen 7 Uhr bin ich zu Hause. Ich wasche mich, wasche mich, wasche mich. Ich weine und wasche mich. Ich bin müde, aber ich kann nicht schlafen.

Um 10 Uhr rufe ich bei der Polizei an. »Guten Tag, ich will eine Vergewaltigung anzeigen. Was muss ich tun?«

»Sie müssen aufs Revier gehen. Wo wohnen Sie?«

»Montrouge.«

»Dann gehen Sie aufs Revier von Montrouge.«

Ich gehe gleich. Wo ist das Revier? Ich laufe und laufe. Schließlich finde ich es und gehe rein. Wie soll ich das erklären?

»Guten Tag, ich will eine Vergewaltigung anzeigen.«

»Eine was?«

»Eine Vergewaltigung.«

Ich will nicht, dass alle es hören, doch er schreit. Ich muss warten. Ich warte über eine halbe Stunde. Sie nehmen keinerlei Rücksicht auf Opfer von Gewalttaten. Dann kommt ein Inspektor, der mich in sein Zimmer bittet. Ich habe das komische Gefühl, selbst die Schuldige zu sein. Ich erzähle meine Geschichte, er unterbricht mich nicht. Er lässt mich das Protokoll unterschreiben und schickt mich nach Hause. Er würde mich anrufen. Sie verarschen die Leute. Meine Geschichte interessiert hier niemanden. Warum bin ich nur gekommen?

Ich gehe nach Hause und rufe Marie an. Ich warte und weine. Als sie kommt, erzähle ich ihr alles. Wir gehen aus, trinken hier was und da was. Ich mag immer noch keinen Alkohol. Sie sagt, ich muss trinken, aber ich kann nicht.

Zu Hause ist eine Nachricht auf dem Anrufbeantworter. Die Polizei von Mairie de Lilas: »Mademoiselle, bitte rufen Sie dringend auf dem Revier an.« Montrouge hat den Fall weitergeleitet. Ich rufe an.

»Guten Abend, ist Madame Soundso zu sprechen? Sie hat mich gebeten zurückzurufen.«

»Bleiben Sie am Apparat.«

Dann: »Hallo, Mademoiselle. Ich muss Sie dringend treffen. Wir müssen reden.«

Wir verabreden uns in einer Stunde am Ausgang der Métro-Station Mairie de Lilas. Marie ist dabei. Die Frau kommt mit dem Wagen und bittet mich einzusteigen, aber allein. Marie hat begriffen, sie geht. Auf dem Revier werde ich nach allen Regeln der Kunst verhört. Habe eigentlich *ich* was verbrochen? Auch Stunden später glaubt sie mir noch nicht. Warum sind diese Leute nur so? Am Morgen habe ich die Namen der Personen angegeben, die ich beschuldige. Haben sie die wenigstens überprüft?

»Hören Sie, seit zwei Stunden machen Sie mich nun verrückt. Ich habe heute Morgen zwei Namen angegeben. Reicht das nicht? Anstatt mich zu nerven, könnten Sie Ihre Arbeit tun!«

»Wie? Sie haben zwei Namen angegeben? Davon wissen wir nichts. Im Protokoll ist nichts verzeichnet.«

»Ich habe sie aber angegeben. Und auch den Ort, die Straße, das Haus, wo es passiert ist. Was brauchen Sie noch?«

Ich muss noch mal alles von vorn erzählen, in allen Einzelheiten. Was ich davor gemacht habe, was danach, wen ich gesehen, mit wem ich gesprochen habe. Was ich anhatte, wo diese Kleider nun sind und so weiter. Ich werde fast wahnsinnig, aber wenigstens interessiert sie sich für meine Geschichte. Sie glaubt mir. Ich bin erleichtert. Ich muss unterschreiben, dann bringen sie mich heim. Ich soll ihnen noch die besagten Kleider geben. Falls es zum Prozess kommt, sind es Beweisstücke: Mit festen Stiefeln, einer langen Hose und einem weiten Pullover war ich nicht aufreizend angezogen.

Um 10 Uhr klingelt das Telefon. Die Polizei. Sie haben die Burschen und wollen eine Gegenüberstellung machen. Das Haus haben sie auch gefunden. Zuerst muss ich den Weg rekonstruieren. Wir fahren zum Haus. Am Café Surcouf biegen wir ab.

»Von wo sind sie gekommen? Von da?«

Sie wollen mich aufs Glatteis locken. O nein!

»Nein, von dort.«

Ich bringe sie zum Tatort. Welch Wunder – da liegt noch mein Rock. Die Typen haben in meiner Tasche nach dem Geld gekramt, dabei ist der Rock herausgefallen. Ich nehme ihn.

»Nichts anrühren! Das ist ein Beweisstück!«

»Das ist mein Rock, er gehört mir.«

Der Polizist nimmt den Rock. Er sagt, im oberen Stockwerk hätte jemand geschissen. Glaubt er etwa, ich war das? Ich weiß nicht, was ich sagen soll, ich gehe wieder runter. Er sieht ein paar Jungs vor dem Haus spielen. Er fragt sie: »Habt ihr hier Gummis auf dem Boden gesehen?«

Ich sehe ihn unsicher an. »Ich habe Ihnen doch gesagt, dass sie keine Gummis genommen haben.«

»Sie behaupten, dass doch und dass sie sie aus dem Fenster geworfen hätten.«

»Glauben Sie vielleicht, ich hätte freiwillig mit denen geschlafen, und nun bereue ich es und erstatte Anzeige?«

»Wir müssen allen möglichen Spuren nachgehen.«

»O ja. In Frankreich ist der Täter besser dran als das Opfer. Da kann man ein gutes Gewissen haben. Sagen Sie es nur, wenn ich Ihnen auf die Nerven falle.«

»Wir fahren jetzt zur Gegenüberstellung aufs Revier.«

Der Erste streitet alles ab. Nach dem Motto, ich hätte ihm den Arsch hingestreckt. Nun verstehe ich, was mit »allen möglichen Spuren« gemeint ist. Sie wurden verhört, zwangsläufig leugnen sie. Wir machen eine Zigarettenpause, bis der Zweite kommt.

Der Inspektor: »Der andere wirkt zugänglicher. Aber sagen Sie mir, Mademoiselle, ich habe in meiner Laufbahn schon einige Vergewaltigungsopfer gesehen – warum weinen Sie nicht? Alle weinen.«

»Würden Sie mir eher glauben, wenn ich heule?«

»Nehmen Sie's nicht krumm, es war nur eine Frage. Wenn man meine Frau oder meine Tochter vergewaltigen würde, wäre ich der Erste, der heult.«

»Dazu müssten Sie ihnen erst glauben!«

Da kommt der zweite Angeschuldigte.

Erste Frage: »Kennen Sie diese Frau?«

»Nein.«

»Sie sind ihr noch nie begegnet?«

»Nein.«

»Und Sie, Mademoiselle, kennen Sie ihn?«

»Ja. Er hat mich vergewaltigt, mit seinem Kumpel.«

»Und? Kennen Sie die Frau immer noch nicht?«

»Doch, ich habe sie auf einem Plakat in den Sexshops von Saint-Denis gesehen.«

»Dann sind Sie ihr also begegnet?«

»Monsieur, wenn ich Ihnen alles sage, müssen Sie mich schützen, der andere ist wahnsinnig, er macht mich fertig. Er hat eine große Familie, er bringt mich um.«

»Er wird Sie nicht umbringen. Sie kommen beide ins Gefängnis.«

Je länger es dauert, desto mehr Lust zum Weinen habe ich. Meine Aussage stimmt mit dem überein, was er erzählt. Ich verlasse den Raum. Das Schlimmste ist, dass einem niemand glaubt, wenn so etwas passiert.

Eine Polizistin bringt mich in einen anderen Raum. Sie sagt zu mir: »Die Burschen werden dafür bezahlen. Weinen Sie nur, Mademoiselle, das tut gut. Sie haben schon Recht mit dem, was Sie zum Inspektor gesagt haben, aber wenn man weint, wirkt man glaubwürdiger. Mir ist noch nie etwas passiert – toi toi toi –, aber wenn, dann würde ich vielleicht auch nicht weinen.«

»Ich glaube nicht, dass es vergeht, wenn ich weine. Was

mir passiert ist, muss ich mein ganzes Leben lang mit mir rumschleppen.«

»Wir müssen wieder zurück, das Eisen muss man schmieden, solange es heiß ist.«

Wir unterschreiben das Protokoll. Am Nachmittag werden die beiden Burschen einander gegenübergestellt.

Ich gehe nach Hause, Marie erwartet mich. Morgen fängt der »Salon Erotica« an. Big Boss holt uns gegen Mittag ab. Muss ich wirklich mit? Ich brauche Ruhe, aber gleichzeitig muss ich auch weiterleben und Geld verdienen.

Seit einiger Zeit hat sich das Verhältnis zu meiner Mitbewohnerin verschlechtert. Sie hat sich praktisch alles unter den Nagel gerissen, was ich in der Wohnung hatte. Sogar das Telefon. Marie und ich machen uns über sie lustig. Da ruft Big Boss an. Es gibt nur noch einen Anrufbeantworter, er hinterlässt eine Nachricht:

»Mädchen, es ist 11 Uhr! Also – aufwachen und fertig machen, in zwanzig Minuten bin ich da. Sonst kommen wir zu spät.«

Ich gebe Marie eine Telefonkarte, sie soll Big Boss sagen, dass wir kein Telefon mehr haben, nur noch einen Anrufbeantworter, und dass wir fertig seien und auf ihn warteten. Unsere Geschichte hat ihn amüsiert, sagt Marie. Soll ich ihm erzählen, was passiert ist? Vielleicht heute Abend.

Im Salon kennen wir uns alle, es geht familiär zu. Das tut mir richtig gut und hebt meine Moral wieder ein wenig. Außerdem treffe ich viele Leute, die ich aus den Zeitschriften kenne. Ich bin ein echter Fan von ihnen. Ich kaufe meine erste Flasche Alkohol. Champagner. Ich stoße mit allen an. Am Ende des Tages habe ich wahrscheinlich zwei Flaschen getrunken. Ich bin völlig blau, ich lache und lache. Es ist wie auf einer Studentenfete. Die Leute mögen mich – oder vielleicht macht das auch nur der Champagner, dass ich das glaube. Big Boss sagt, wir hätten gute Arbeit geleistet. Erstaunlich. Marie und ich haben den ganzen Tag in Strumpfhaltern, String-Tanga und High Heels zugebracht, verschärft noch durch ein T-Shirt, das genau am Busen abgeschnitten war. Mit Striptease ohne Ende waren wir wohl die Attraktion des Salons. Big Boss fragt uns, wo wir essen wollen. Ich will ins Planet Hollywood. Dort reden wir über mein Problem mit der Mitbewohnerin. Er kann nicht glauben, dass sie alles mitgenommen hat. Er hatte wirklich gedacht, wir schliefen, als er angerufen hat. Ich lade ihn ein, mit in die Wohnung zu kommen. Er ist einverstanden, er sagt, wenn das so ist, sucht er mir eine andere Bleibe. Bis dahin gehe ich mit auf alle seine Sets. So habe ich Geld und einen Platz zum Schlafen. Ich halte es nicht für den richtigen Zeitpunkt, ihm von meinem anderen Problem zu erzählen. Er bezahlt die Rechnung, gibt uns die Gage, und wir fahren zu mir. Als er eintritt, ist er baff, als hätte er voll eine ins Gesicht bekommen. So kann man nicht leben, sagt er. Marie und ich schlafen auf einem Laken auf dem Boden. Diese Tusse hat sogar meine Matratze mitgenommen.

»Immer kümmerst du dich um die anderen, Raffaëla. Und du? Ich habe dir schon mal gesagt, dass du auf dein Geld aufpassen sollst. Wie soll sie dir denn etwas zurückzahlen, diese Fotze? Wenn die Leute Geld haben, tragen sie es auf die Bank, aber du, du fütterst diese dreckigen Huren durch! Ich bin enttäuscht von dir, ich habe dich für intelligenter gehalten.«

Er will uns ein Hotelzimmer bezahlen, doch das wollen wir nicht. Er besteht darauf, aber wir weigern uns standhaft. Er hat genug für uns getan. Zum Glück gibt es ihn!

Schließlich geht er nach Hause. Wir verabreden uns, selbe Zeit, selber Ort.

»Wir hätten doch ins Hotel gehen sollen, wir haben nicht mal eine Kaffeekanne für morgen früh.«

Heute war sie wieder da. Sie hat das Geschirr, die Kaffeekanne und den Kühlschrank abgeholt.

»Diese Fotze hat sogar meine Fressalien geklaut! Am liebsten würde ich ihr den Hals umdrehen!«

Das muss sich ändern. Ich werde mich Ende der Woche darum kümmern. Und dabei zahle ich immer noch Miete, sonst würde es ihre Mutter machen, die immer für sie einsteht, wenn sie in der Scheiße ist. Sie hat Glück, dass ich gerade andere Dinge im Kopf habe.

Ich habe einen Kumpel angerufen, Philippe, er kommt auch in den Salon. Ich habe ihn vor zwei Monaten bei einem Dreh getroffen, es war seine erste Szene. Unsere Freundschaft wird später fehlschlagen, er gehört zu den Leuten, die für ihren Erfolg alles tun.

Im Salon sind lauter Drag Queens. Big Boss bittet Philippe, sich auch umzuziehen. Er bekommt ein Latexkleid und High Heels in verschiedenen Farben. Ich gehe mit ihm ins Klo und schminke ihn. Ich weiß, dass er mir einen gefälschten Mietvertrag besorgen kann. Er ist einverstanden. Ich schreibe Strom und Telefon auf meinen Namen. Die Woche vergeht schnell. Ich treffe viele Leute, eine Frau wird mit der Zeit eine meiner besten Freundinnen: Miss Erotica, die seit Monaten auf dem Thron sitzt. Sie verdient es auch, sie ist wirklich gut. Das Leben ist komisch, die guten Leute schuften sich immer einen ab, die anderen machen nie etwas.

Die Woche über trinke ich und treffe Leute. Dann kommt schon das Wochenende. Meine Bude ist nicht mehr bewohnbar. Da ich Philippe nicht mehr sehen will, droht er, mich bei der Elektrizitätsgesellschaft und der France Telecom wegen der falschen Angaben anzuschwärzen. Ich sage: »Mach nur, ist mir egal.«

Auf dem Anrufbeantworter ist eine Nachricht vom Gericht Bobigny. Ich rufe gleich zurück. Ich bekomme einen Termin für Mittwoch, 15 Uhr. Marie ist mit mir in der Wohnung. Es ist zehn. Meine Mitbewohnerin will wiederkommen. Sie hat ihren Lover dabei, ein echtes Arschloch. Wegen der Kette kommt sie nicht rein, sie regt sich auf. Aber was will sie machen? Sie geht. Am Nachmittag steht sie wieder da. Ich will sie immer noch nicht reinlassen, also ruft sie die Bullen. Mir macht das nichts, in der Wohnung läuft alles auf meinen Namen, ich bin im Recht.

Die Bullen: »Mademoiselle, sie will nur ihre Sachen holen, lassen Sie sie rein.«

Ich habe alle ihre Sachen in Müllbeutel gepackt und gebe sie ihr. Sie kommt mir nicht in die Wohnung. Die Bullen aber wollen unbedingt rein. Ich erkläre ihnen, dass sie meine ganzen Sachen geklaut hat, dass ich wie eine Pennerin lebe, statt einer Matratze nur ein Laken habe und dass ich sie auf keinen Fall reinlasse. Sie schicken sie weg, die Bullen kommen rein. Sie finden meine Aussage bestätigt und fragen, ob ich Anzeige erstatten will. Ich schüttle nur den Kopf.

Marie glaubt, sie spinnt. Sie sagt, ich sei wirklich bescheuert.

Die Mutter meiner Mitbewohnerin ruft an. »Hören Sie, Mademoiselle, ich weiß nicht, was Sie mit meiner Tochter für einen Streit haben, aber die Waschmaschine gehört mir, und ich will sie wiederhaben. Wann kann ich sie abholen?«

Ich bin zu gutmütig. Wenn meiner Mutter so etwas passieren würde, würde ich auch wollen, dass sie zurückbekommt, was ihr gehört.

»Kommen Sie um sieben vorbei und holen Sie die Maschine ab.«

»Danke, bis dann.«

»Ja, bis dann.«

Marie sagt, ich soll das nicht tun, nach allem, was mir diese Tusse angetan hat. Ich sage nichts, ich gehe zu Monop, kaufe eine Kaffeemaschine, ein bisschen Geschirr und vor allem Lebensmittel. Der Tag geht zu Ende. Weder ich noch Marie haben heute etwas Konkretes gemacht. Es kotzt uns an. Ich kann nicht mal mehr essen. Meine Existenz bricht mir unterm Arsch weg. Lohnt es sich wirklich weiterzuleben? Komisch, aber wenn man ein Problem hat, folgt gleich das nächste. Warum ich? Ich mache doch nie Dummheiten. Wenn man davon ausgeht, dass Pornos keine Dummheiten sind. Aber egal – wer hat es schon verdient, vergewaltigt zu werden? Die Leute, die ich kenne, sagen dauernd, ich sei ein guter Mensch, ich sei nett, ich hätte ein Herz aus Gold. Aber das kann nicht stimmen, bei allem, was ich durchmache. Mein Leben ist wirklich nur Scheiße. Ich stelle mich in Frage: Was habe ich bislang aus meinem Leben gemacht? Nichts. Morgen bin ich wieder auf der Straße. Bis zu meinem letzten Tag muss ich die Bürde dieser Vergewaltigung mit mir herumtragen. Ich habe keine Familie mehr, auf die ich zählen kann. Was bleibt mir noch? Die Vorstellung, dass ich für immer allein bin. Wozu soll ich weitermachen? Ich habe keinen Menschen, außer Marie. Aber sie ist genauso verloren wie ich. Ihr Vater ist tot, ihre Mutter nervt, ihr Typ setzt ihr zu, klaut ihr Geld, schlägt sie. Das Leben taugt nichts. Man quält sich herum, versucht, etwas aufzubauen, und am Ende ist man nur noch kaputter.

Ich gehe zum Gericht, ich habe keine Vorladung, nur eine telefonische Verabredung. Punkt drei bin ich da, ich muss warten bis vier. Anscheinend ist der Richter so beschäftigt. Am liebsten würde ich gehen. Ich sitze in einem Raum mit Beschuldigten und Opfern. Natürlich amüsieren sich vor allem die Beschuldigten. Sie wissen schon, dass sie mit einer Verwarnung davonkommen, mehr nicht. Es sind immer die Gleichen, die gewinnen. Ich bin dran. Ich gehe rein. Da sind ein Richter, ein Sekretär und ein Staatsanwalt. Gleich zu Beginn greift mich der Staatsanwalt an. Neue Sachlage. Aber ich bleibe ruhig.

»Opfer wie Sie, die brauchen wir in Frankreich nicht.«

»Opfer wie mich – was soll das heißen? Weil ich Pornos drehe, darf ich mich nicht beklagen, wenn ich vergewaltigt werde? Ich bin wohl nicht anständig. Wollen Sie mich verarschen!? Wie kommen Sie dazu, mich zu verurteilen? Wem habe ich etwas getan? Ihnen vielleicht?«

»Sie sind das Produkt einer schlechten Erziehung. Wenn man so einen ›Job‹ macht wie Sie, darf man sich nicht beklagen.«

»Was glauben Sie eigentlich, Sie Arsch? Es ist wirklich so, dass ein Dieb mehr Ansehen genießt als eine Hure, und wenn ich mich schuldig mache, können Sie mich guten Gewissens reinreiten, dann können Sie die schmutzige Gesellschaft einbuchten, das geilt Sie auf.«

Der Richter: »Mademoiselle, mäßigen Sie sich. Besehen wir uns nun ruhig die Fakten.«

»Welche Fakten? Lassen Sie mich bloß in Ruhe, ich verpiss mich. Und ein großes Dankeschön an die französische Justiz.«

»So einfach können Sie nicht gehen.«

Der Staatsanwalt: »Morgen früh machen wir eine Gegenüberstellung mit den Beschuldigten.«

»Das habe ich schon hinter mir, das mache ich nicht noch mal. Tschüss, Scheißkerl.«

»Sie müssen noch das Protokoll unterschreiben, Mademoiselle.«

»Ich unterschreibe gar nichts. Ihre tollen Papiere und Formulare können Sie sich sonst wo hinschieben!«

Ich gehe. Ich will nach Hause, aber ich habe kein Zuhause mehr, jedenfalls nichts, was den Eindruck eines Zuhauses erweckt. Wohin kann ich gehen? Ich rufe Marie an, wir treffen uns an der Gare de l'Est.

»Was ist rausgekommen beim Gericht?«

»Dass ich schuld bin, weil ich Pornos mache. Diese Typen sind echte Scheißkerle! Ehrlich, ich wünsche es dir nicht, aber sollte dir eines Tages so etwas passieren, erstatte keine Anzeige, schnapp dir lieber eine Knarre und sorg selber für Gerechtigkeit. Gehen wir was trinken?«

»Klar. Wohin?«

»Weiß nicht. Gehen wir einfach, wir werden schon was finden.«

Ich habe mich mit Philippe versöhnt. Er kommt um 13 Uhr, dann holen wir eine weitere Darstellerin ab, Charly Sparks. Ich trage das Kleid, das ich mir am Abend zuvor hergerichtet hatte – superkurz und nichts darunter, kein Höschen. Keiner weiß es. Beim Casting filmt John, er stellt Fragen: Wie ich heiße, wie alt ich bin, was ich am liebsten mache, vor allem beim Sex. Ich steige in das Spiel ein. Ich sage ihm, dass ich kein Höschen trage, er fragt, warum. Ich sage, weil ich eine Schlampe bin, und wenn mich jemand so auf der Straße sieht, lasse ich mich nehmen. Er lacht, er glaubt mir. Aber das ist nicht wahr, ich bin keine Schlampe, ich will nur das Schicksal herausfordern. Als ich Lumpen anhatte, wurde ich vergewaltigt;

vielleicht lassen sie mich in Ruhe, wenn ich wie eine Schlampe herumlaufe. Als wir gehen, meint Marie, was ich mache, sei Selbstmord, ich solle mich nicht so benehmen. Sie merkt, dass ich nicht mehr die Gleiche bin, ich bin anders geworden. Ich will etwas trinken, Philippe kommt mit. Er mag mich, aber ich kann nicht mit ihm. Ich gehe mit ihm, das ist alles. Er sagt nichts, er akzeptiert es. Wir schlafen in einem Bett, wir wachen zusammen auf, wir unternehmen etwas, aber wir schlafen nicht miteinander.

Marie, Philippe und ich drehen zusammen in Ungarn. Wir bekommen das Skript. Die Geschichte spielt in Rom, priapeische Orgien. Den Priapus spielt Roberto Malone, der Mann von Zara White, beide Stars der Branche. Coralie ist auch dabei, sie spielt die Jungfrau. Und ein Typ namens Bruno SX spielt einen unberührten Mann. Das ist ihre Geschichte, ihre Entjungferung. Ich bin eine jugendliche Schlampe, Marie spielt eine Sklavin und Philippe einen Bisexuellen.

Der Schluss wird in Belgien gedreht, mit ein paar Ungarinnen. Eine ist sehr hübsch. Auch drei Französinnen, die ich nicht kenne, machen mit. Ich freunde mich mit Katia an. Der Schöne, der mich damals bei Big Boss entjungfert hat, ist auch dabei. Er spielt den Octavius. Die Jungs von der AB Production filmen.* Es ist zum Kotzen, sie filmen jede Kleinigkeit. Sie machen sich schnell Feinde. Am letzten Tag kommt Drüna für die Schlussszene.

Es fängt ziemlich gut an, wir verstehen uns und haben Spaß. Zusammen gehen wir zu McDonald's essen. Da kommt das Thema Drogen auf. Ich bin total dagegen. Coralie ist dafür, sie findet es normal und gut, sie meint, nur die anderen würden daraus etwas Schlimmes machen. Mich nervt das. Abgesehen davon mag ich sie sowieso nicht. Ihre Meinung ist eine Geißel für die Gesellschaft. Man sollte Drogen nicht rechtfertigen. Ich will ins Hotel

* Damals fing AB Production erst in der Pornoindustrie an, bis dahin hatten sie Softpornos gedreht wie *Hélène et les garçons* oder *Premier baiser*.

zurück, ich will diesen Unsinn nicht hören. Marie ist meiner Meinung, wir verziehen uns. Mir reicht's für heute.

Wir drehen nachts. In ungefähr drei Stunden gehen wir nach all der Maloche essen. Ich habe Streit mit Philippe. Ich will nicht mehr mit ihm sprechen, weil er in meinen Augen Mist macht. Er sagt, er habe drei Kinder zu ernähren, doch meiner Meinung nach rechtfertigt das nicht, dass er Szenen mit Männern dreht. Er kann mich auch nicht mehr leiden. Ich trage eine sehr schöne Jacke, jedenfalls sagen das die anderen. Die süße Ungarin möchte sie haben. Ich will sie ihr auf dem Set schenken. Sie glaubt es nicht. Kaum sind wir da, gebe ich ihr die Jacke. Sie ist sprachlos, sie nimmt sie, drückt sie an sich und sagt, das könne sie nicht annehmen. Ich bestehe darauf, sie ist glücklich. Sie gibt mir einen Kuss und probiert sie gleich an. Die Jacke steht ihr besser als mir. Ich gehe zur Maske. Ich mag mein Kostüm: BH und String-Tanga aus Metallstücken. Ich muss mir von den beiden Unberührten eine runterhauen lassen. Mit Bruno klappt es gut – als hätte er von Anfang an Lust gehabt, mir eine zu schmieren. Coralie aber nervt mich. Sie kann mir einfach keine richtige Ohrfeige geben. Wir fangen zehnmal von vorn an, aber es wird nichts. Sie hat mich auf die Nase geschlagen, ich bekomme gleich Kopfschmerzen. Ich habe genug, es kotzt mich an, ich werde fast verrückt.

John: »Das war nichts. Machen wir's noch mal. Geht's, Raffaëla?«

»Nein, ich habe die Nase voll. Die ödet mich an, die ist zu blöd, um mir eine zu knallen!«

Coralie: »Aber ich habe Angst, dass ich dir wehtue, ich traue mich nicht. Ich bin solche Sachen nicht gewöhnt.«

»Ich sag's dir, John – es ist das letzte Mal. Wenn es nicht klappt, spring ich in den Pool.«

Ich habe die Schnauze so voll, dass ich heulen könnte. Ich ertrage nichts und niemanden mehr. Nicht einmal Marie, ich will nicht mehr mit ihr sprechen. Dieses Mal klappt es mit der Ohrfeige. Endlich! Ich habe fürchterliche Kopfschmerzen, alles pocht in meinem Kopf, ich will nach Hause. In solchen Fällen würde ich am liebsten »Mama!« schreien. Aber sie hört mich ja nicht. Dann macht Coralie Theater. Vier Männer sollten sie anspritzen, aber noch ein Fünfter hat sie angerotzt. Sie ist sauer. Ich mache mich über sie lustig: Warum nervt sie uns, nur wegen ein paar Tropfen mehr? Sie meint, man hätte keinen Respekt vor den Darstellerinnen, deswegen sei die ganze Branche so beschissen. Was soll das Geschwätz über Respekt in diesem Beruf? Respekt gibt es nicht! Sie boykottiert die nächste Szene, sie weigert sich einfach. Also dreht die hübsche Ungarin mit mir. Ich muss im Pool schwimmen, zu ihr gehen und sie mit Wasser vollspucken. Es klappt hervorragend. Dann ändert Coralie ihre Meinung. Ich muss noch mal mit ihr drehen. Diese Frau kotzt mich entschieden an. Aber ich sage nichts, ich mache meine Arbeit.

Beim Drehen treffe ich Zara White, ich bin ganz aufgeregt. Ich muss an *Joy* denken, die Soft-Serie auf M6. Als Kind habe ich sie heimlich angeschaut. Ich fand, sie hatte ziemlich viel Mut, sich so zu zeigen. Damals wäre ich gern gewesen wie sie. Wir sind fast fertig mit Drehen. Zum Dank erhöht John meine Gage um 1 000 Francs. Zwischenzeitlich gab es Streit zwischen der Maskenbildnerin und dem Scriptgirl – wegen Busenoperationen. Wir fahren zurück nach Paris.

Kein Film in Aussicht. Andrea le Rital ruft noch mal wegen eines Angebots in Italien an. Dieses Mal für mich allein. Ich habe keine Lust, aber ich muss Geld verdienen. Nächste Woche fahre ich. Offenbar sind die Französinnen dort unten sehr eifrig. Ich soll die Sache wieder wettmachen. Was habe ich, das sie nicht haben? Er sagt, die Mädchen würden den Chef des Ladens anmachen und ihm mit ihren Ärschen das Geld abknöpfen. Solche Weiber kann ich nicht ausstehen. In welcher Welt leben sie? Wie kann man so wenig Selbstachtung haben? Ich bin nicht besser als sie, aber ich mache wegen Geld nicht die Beine breit. Der arme alte Trottel zahlt für ein bisschen Vergnügen, und sie, sie nutzen ihn aus. Aber was soll ich tun? Was kann ich tun? Ihm einen Rat geben? Aber hört er auf mich? Und außerdem ist es mir egal. Was geht mich das alles an?

Unter der Woche treffe ich Marie. Ich bin von Montrouge weg und wieder zu Papa zurückgegangen. Wir verstehen uns nicht besonders, aber er sagt, sein Haus sei auch mein Haus. Ich arbeite mit ihm auf den Märkten, ich habe keinen Bock mehr auf Pornos.

Ein paar Jungs aus der Stadt haben mich im *Hot Vidéo* gesehen und drohen nun, die Fotos in den Briefkasten zu werfen, wenn ich nicht mit ihnen schlafe. Ich wette, dass sie dazu nicht den Mut haben.

Manu ruft an: Pierre Woodman will drehen, der Regisseur ist die Nummer eins im Porno. Nur deswegen willige ich ein. Alle Mädchen der Branche würden ihre eigenen Eltern umbringen, nur um mit ihm zu arbeiten. Und ich bin glücklich, dass ich diese Gelegenheit bekomme. Wir treffen uns und besprechen alles. Ich erzähle ihm von Big Boss. Er zögert, der Boss und er sind nicht gerade dicke Freunde. Er will einen Tag mit mir arbeiten, und wenn ich gut bin, drehe ich mit ihm im Ausland. In zwei Tagen reist er ab. Ich habe keinen Pass und auch keine Adresse in Paris. Ich komme hier nicht weg. Er bietet 4 000 Francs am

Tag, das kann man nicht ablehnen. Ich soll auch nur mit Männern arbeiten, die ich schon kenne. Das ist leicht, sie haben alle keinen großen Schwanz, und ich muss keine Angst vor einer Doppelpenetration haben, außerdem braucht es dazu zwei. Er bringt seine Frau mit, Tania Russof, eine Russin; sie ist hübsch und supernett. Ich bin total froh, dass sie dabei ist. Alles läuft bestens. Die Maskenbildnerinnen sind nett, die ganze Mannschaft ist nett. Und Pierre kann echt mit Frauen umgehen. Am Ende des Tages erfolgt die Bezahlung. Er schiebt mir 5 000 Steine rüber. Ich glaube, ich spinne. Trotz seines Rufs – die ganzen Pornoleute können ihn nicht ausstehen, weil er sich für den Crack hält – ist er der Meinung, dass das Mädchen sein Geld verdient, wenn sie sich wohl fühlt und gut arbeitet. Es ist selten, dass den Mädchen in der Branche ein finanzieller Wert zugeschrieben wird; normalerweise werden sie kärglich bezahlt, während die Kerle nur durchhalten müssen, dann werden sie schon großzügig belohnt. Von nun an lasse ich nicht zu, dass jemand nur aus Neid schlecht über ihn spricht.

Die Tage vergehen. Ich habe keine große Lust mehr weiterzumachen. Marie hat einen Job bei der RTAP, der Betreibergesellschaft der Pariser Métro. Mit Manu läuft es immer schlechter. Sie ist von ihm abhängig, also bleibt sie. Drei Viertel der Zeit verbringen wir zusammen. Ich will in die Disco gehen. Le Palace am Montmartre ist gerade angesagt. Aber ich habe keine Lust, in der Schlange zu warten, also gehe ich weiter. Ganz in der Nähe am Boulevard Poissonnière ist ein anderer Laden, L'Entr'Acte, mit einem Schild »Salon de thé«. Dort verbringe ich den Abend. Der Türsteher schiebt mich rein. Es ist brechend voll. Niedrige Decke, rote Tapete, große Spiegel. Auf der einen Seite ist eine kleine Tanzfläche, auf der anderen Seite ein Raum, wo es ruhiger ist. Ich stelle mich an die Theke. »Gin Tonic, bitte.« Nach dem fünften Glas sehe ich mich um. Da entdecke ich zwei Glatzen auf der Tanzfläche, sie drehen sich um – was ich für Typen gehalten habe, sind Frauen. Ich sage zur Bedienung: »Gibt es hier keine Kerle?«

Sie lacht, statt mir eine Antwort zu geben, holt sie die Besitzerinnen.

»Das hier ist ein Mädchen-Club. Hast du das nicht gewusst?«

»Nein, aber das macht nichts. Gib mir bitte noch einen Gin Tonic.«

Immer noch lachend, schenkt sie mir ein. Michelle, eine der Besitzerinnen, erzählt mir von ihrem Laden. Sie ist lustig, ich finde sie gleich sympathisch. Sie sagt, das Lokal sei tagsüber ein Teesalon für ältere Leute. Ich trinke einen Gin nach dem anderen, irgendwann liege ich auf dem Boden, Mund an Mund mit einem Mädchen.

Gleich nach dem Aufstehen mache ich mir einen Gin Tonic. Ich trinke den ganzen Tag und langweile mich. Am Nachmittag treffe ich Marie und erzähle ihr vom L'Entr' Acte. Sie lacht, sie kennt das Lokal, sie war schon mal dort. Ich schlage vor, dass wir am Abend zusammen hingehen. Gut. Bis dahin klappern wir die Boutiquen ab und gehen essen. Um 22 Uhr sehen wir uns einen Film an. Der Club öffnet erst um Mitternacht, wir haben noch Zeit. Wir verbringen einen tollen Abend, ich komme raus aus meinem Alltagstrott. An nichts denken. Vergessen. Ganz normal leben. Wie ein Kind, das ein neues Spielzeug hat.

Für Freitagabend verabrede ich mich mit Michelle zum Essen. Sie kommt mit ihrer Freundin Laurence, ich bringe Marie mit. Wir treffen uns im Planet Hollywood. Michelles Freundin redet nicht viel. Die beiden Mädchen sind grundverschieden. Wir bestellen. Laurence trinkt Bier. Das finde ich komisch. Bislang habe ich nur Männer Bier trinken sehen. Was sind das für Mädchen? Der Abend schreitet fort, wir trinken und trinken, ich achte nicht mehr darauf, wie viel. Wir reden über Pornos, über unser Alter, wir erzählen uns unser Leben. Laurence sagt, sie mag Mädchen und Jungs, zu Mädchen fühlt sie sich aber stärker hingezogen. Ich kenne nur Jungs. Und wenn ich ins kalte Wasser springe? Ich bin noch nicht bereit. Wir beschließen den Abend im L'Entr'Acte, ich flirte mit einer Bedienung. Barbara macht mir einen Antrag. Aber mehr als Küssen ist nicht drin. Wir sind jede Nacht im L'Entr'Acte. Viele Tage vergehen, ohne dass wir gedreht hätten. Ich fühle mich wohl in dieser neuen Welt.

Eines Morgens kann ich mich nicht mehr bewegen. Ich kann nicht aufstehen, mein Bauch schmerzt, mein Magen rumort, ich habe Fieber. Ich kann nicht mal einen Kaffee trinken. Drei Tage lang geht es mir verdammt schlecht. Ich nehme ab. So, das war's – ich habe Aids. Ich bin ganz weiß. Ich verfluche den Tag. Marie ruft ständig an. Ich würde sie gerne sehen, aber ich kann mich nicht regen. Sie kommt, sie hilft mir auf. Ich kann nicht laufen, meine Beine zittern. Sie stützt mich. Ich gehe wie eine Behinderte, mein Körper sperrt sich vor jedem Schritt. Marie hat große Angst.

Ich sage: »Es ist aus.«

»Aber nein, Raffa, wir gehen zum Onkel Doktor, er wird dir sagen, was los ist. Nicht weinen, Raffa, du hast doch noch nie die Flügel hängen lassen! Und das fängst du jetzt auch nicht an. Komm, auf geht's!«

»Ich kann nicht, Marie, ich habe schreckliche Schmerzen.« Ich habe mindestens sieben Kilo verloren. Wir sind weit gelaufen, ich will etwas trinken. Wir nehmen die Métro bis Châtelet. Marie bringt mich ins Banana Café. Ich trinke Kirschsaft. Sie will, dass ich zum Arzt gehe, ich will nicht, ich habe Angst vor der Diagnose. Wenn ich Aids habe, ist mein Leben vorbei.

»Wenn. Und wenn es etwas anderes ist?«

»Marie, bei welcher Krankheit wird man kraftlos? Vielleicht bei der Gelbsucht?«

»Unsinn! Alle Krankheiten können sich so auswirken.«

»Zum Beispiel? Windpocken?«

»Red doch keinen Scheiß, Raffaëla!«

»Ich red keinen Scheiß, ich stelle nur Tatsachen fest.«

»Gut, also: Du hast Aids. Dagegen gibt es Medikamente.«

»Glaubst du, ich kann mit dieser Krankheit leben? Nein! Ich wollte Pornos machen, nun muss ich dafür bezahlen. So ist das eben.«

»Bezahlen – was soll das heißen? Porno oder nicht Porno – du bist nicht die Erste. Hör zu, ich bin für dich da, ich lasse dich nicht im Stich. Und überhaupt, du hast kein Aids. Ich bringe dich jetzt auf der Stelle in ein Labor, und du machst einen Test.«

»Kommt nicht in Frage. Ich will nach Hause, bring mich zurück.«

»Das geht nicht, du musst zum Arzt.«

»Morgen, Marie.«

»Morgen – versprochen?«

»Ich schwör's. Ich gehe morgen.«

Ich denke die ganze Nacht nach. Unser ganzes Leben lang laufen wir irgendwelchen Dingen nach, bekommen aber das Gegenteil von dem, was wir wollen. Warum ist die Welt so schlecht?

Um 9 Uhr bin ich in der Praxis. Der Arzt sagt, auch andere Geschlechtskrankheiten könnten an meinem Zustand schuld sein, es muss nicht notgedrungen Aids sein.

»Ich schlage vor, die nötigen Tests zu machen, damit wir genau wissen, was Sie haben. Einverstanden?«

»Warum nicht?«

Er macht Scheidenabstriche, nimmt eine Urinprobe und stellt alle möglichen Untersuchungen an.

»Kommen Sie um 14 Uhr wieder, dann habe ich die Ergebnisse. Wie ich sehe, haben Sie keinen Hausarzt. Ich kann Ihnen eine Ärztin empfehlen, wenn Sie wollen. Sie kann Ihnen Ihr Problem besser erklären.«

»Ja, gut.«

Der Arzt hat mir wieder Hoffnung gegeben. Vielleicht ist es ja wirklich nur ein blöder Virus.

Um 14 Uhr bin ich wieder im Labor, er hat die Ergebnisse.

»Wie ich dachte – eine Geschlechtskrankheit. Gehen Sie schnell zu meiner Kollegin, sie erwartet Sie. Sie bekommen Medikamente, dann geht das rasch vorbei. Passen Sie auf sich auf, Mademoiselle. Auf Wiedersehen.«

»Danke, auf Wiedersehen.«

Ich lächle breit vor Erleichterung. Ich habe wieder Vertrauen ins Leben.

In der Arztpraxis. »Geben Sie mir bitte die Ergebnisse? Danke. Oh, das ist nichts Schlimmes. Ich verschreibe Ihnen etwas, in einem Monat ist alles vergessen. Sind Sie gegen Hepatitis geimpft?«

»Nein.«

»Das ist schlecht, das müssen Sie auf jeden Fall machen. Mit dem Rezept kaufen Sie das Serum, dann kommen Sie gleich wieder, und wir erledigen das. Bis gleich.«

Ich gehe in die Apotheke. Ich habe Angst vor Spritzen.

Es ist nicht mein Tag, ich will mich nicht impfen lassen, ich winde mich.

»Aber es ist nicht schlimm. Sie werden sehen, Sie werden die Spritze kaum merken.«

Ich schäme mich. Aber egal. Danach spricht sie mit mir über meinen Beruf. Sie arbeitet für eine Vereinigung, die sich um Mädchen wie mich kümmert. Sie scheint sich wirklich für ihre Patienten zu interessieren. Eine gute Ärztin. Es dauert seine Zeit bei ihr, aber sie kümmert sich. Das ist gut – ein Arzt, der nicht nach der Zeit schaut.

Dieser Tag hat mich 3 000 Steine gekostet, aber zumindest weiß ich nun, dass ich nichts Schlimmes habe.

Als ich wieder zu Hause bin, rufe ich Big Boss an. Er versteht nicht, warum er mich in den letzten Tagen nicht erreichen konnte. Ich sage ihm, dass ich krank war. Ich soll mit ihm zu Abend essen. Auf den Champs-Élysées, wie immer.

Marie und ich kommen ins Restaurant.

Big Boss: »He, du hast dich schwer gemacht, Raffaëla. Du bist schön, mein Schatz!«

»Danke, tut gut, dass du mir das sagst.«

»Nächste Woche drehe ich, ich hätte euch gerne dabei.«

Marie: »Ich kann nicht, ich jobbe bei der RTAP, ich kann dort nicht fehlen.«

»Du machst zwei Tage krank, ich besorge dir ein Attest. Wo ist das Problem? Hast du keine Lust, ein bisschen Kohle zu verdienen?«

»Es geht nicht ums Geld. Raffa hat sich was eingefangen, sie muss einen Monat lang Medikamente nehmen. Ich will nicht, dass mir auch so was passiert.«

»Und? Dann nimmst du eben Gummis.«

»Gut, mit Gummi ist es okay.«

Gummis zu nehmen ist ein echtes Problem in der Branche. Warum drehen wir ohne Gummis, wo es doch so viele Risiken gibt und wo doch überall darauf hingewiesen wird? Die Regisseure erklären es technisch: Gummi und Vaseline reflektieren. Doch für meine Begriffe ist der wahre Grund finanzieller Natur: Damit sich ein französischer Porno ins Ausland, vor allem in die USA verkauft, muss er ohne Gummis sein, denn besonders in den USA ist es verboten, ohne Schutz zu drehen. Auch einige deutsche Firmen drehen aus dem einfachen Grund in Frankreich, weil die »hübschen« Mädchen bei ihnen gewisse Praktiken nicht mitmachen. Als ich mit ihnen arbeitete, habe ich einen Vertrag unterschrieben, der auf Deutsch gehalten war und der unverständlich ist für jeden, der die Sprache nicht kann. Dort ist festgelegt, dass die Darsteller auf Präservative bestehen können. Das macht aber niemand, weil es niemand weiß. Doch ich kann ausreichend Deutsch, um zu wissen, was von mir verlangt wird.

Normalerweise muss ich Marie beknien, gewisse Dinge abzulehnen, angefangen beim Verzicht auf Gummis. Daher bin ich nun ziemlich erstaunt. Meine Krankheit hat ihr wohl den Kopf gewaschen.

Der Monat ist vorbei, ich gehe zur Nachuntersuchung und mache noch mal einen Test. Der Arzt im Labor stellt zufrieden fest, dass es mir gut geht.

»Wollen Sie den Test machen, um sicher zu sein, dass Sie nichts haben, oder wollen Sie wieder drehen?«

»Ich will sicher sein.«

»In Ordnung. Lief alles gut bei meiner Kollegin?«

»Ja, sehr gut. Sie ist nett. Ich gehe heute noch zu ihr.«

»Heute Nachmittag können Sie die Ergebnisse abholen.«

Es ist ungewohnt, dass sich jemand für unser Schicksal

interessiert. Aber es beweist, dass die Welt doch nicht so beschissen ist. Das ist tröstlich.

Um Mitternacht gehen wir ins L'Entr'Acte. Wir stehen Schlange. Der Türsteher zu Marie: »Du kommst nicht rein, du bist noch keine achtzehn.«

»Natürlich bin ich achtzehn, ich bin sogar schon zwanzig. Außerdem war ich schon oft hier.«

»Ausweis!«

»Hab keinen, hab ich verloren.«

»Dann kommst du nicht rein.«

Ich zücke meinen Ausweis. »Ich bin zwanzig. Kann ich rein?«

»Ja, aber deine Freundin nicht.«

Ich sage zu Marie: »Geh in die Bar, trink was, ich hole Michelle.«

»Aber du lässt mich nicht hier sitzen!«

»Nein, ich frage Michelle, ob sie dich reinlässt. Wenn nicht, gehen wir eben wieder. Bis gleich.«

Drinnen sehe ich Michelle, traue mich aber nicht, sie zu fragen. Immerhin ist es ihr Türsteher, wir sind hier ein Niemand. Sie kommt zu mir.

»Wie geht's? Ganz allein? Wo ist Marie?«

»In der Bar nebenan.«

»Kommt sie nicht?«

»Sie würde gerne, aber der Türsteher hat sie nicht reingelassen, er glaubt nicht, dass sie schon achtzehn ist, und sie hat ihre Papiere nicht dabei.«

»Ich hole sie. Bis gleich.«

»Danke.«

Marie ist glücklich. Michelle sagt, dass Marie ihr richtig Leid tat, sie saß ganz allein an einem Tisch und sah so traurig aus. Das ist lustig, wir lachen und trinken und trinken. Um 6 Uhr morgens tanzt Marie halb nackt mit einem

Mädchen. In zwei Stunden müssen wir im 20. Arrondissement auf dem Set sein. Das Mädchen will den Rest der Nacht mit Marie verbringen. Wir trinken was in der Bar nebenan. Das Mädchen schlägt vor, dass Marie mit ihr ins Hotel geht.

Ich greife ein: »Du bist müde, Marie. In einer Stunde sind wir mit Big Boss verabredet. Wir haben ihm versprochen, dass wir kommen, also kommen wir auch, so viel ist sicher. Sie soll allein nach Hause gehen, du triffst sie ein andermal wieder.«

»Raffa, du nervst. Ich habe Lust, und ich gehe mit ihr ins Hotel. In ein, zwei Stunden bin ich wieder zurück.«

»Nein, Marie! Versprochen ist versprochen. Außerdem hat er dich das letzte Mal schon gewarnt. Du hast so getan, als seist du nur da, weil du bei mir geschlafen hast. Das gibt es heute nicht, du kommst mit! Und geh mir mit diesem Weib nicht auf den Geist, sonst setz ich hier keinen Fuß mehr rein, O.K.?«

Die andere fängt an zu flennen, sie will mit Marie zusammenbleiben. Ich gehe ihr bestimmt auf den Zeiger, aber das ist mir egal. Sie besorgt uns ja unsere Brötchen nicht! Sie folgt uns bis zur Métro und hört nicht auf zu nerven. Es fällt Marie schwer, aber sie kommt mit mir. Auf der Fahrt sagt sie kein Wort. Punkt 8 Uhr sind wir da. Alle schlafen noch, ich lege mich auch hin. Erst am Mittag stehe ich auf. Ich habe noch viel Zeit. Big Boss will vor 15 Uhr nicht arbeiten. Das trifft sich gut. Marie ist angeödet. Sie hätte auch ins Hotel gehen können. Sie ist sauer auf mich, aber das vergeht wieder. Beim Essen macht uns Champignon an, der Kerl, der in Cannes keinen hochgekriegt hat.

Big Boss: »Sieh sie dir an – welche Schönheiten die beiden geworden sind!«

»Du meinst wohl, welche Mülleimer sie geworden sind.«

Die Maske: »Du suchst wohl Streit?«

Ich: »Hier spricht Monsieur Schlappschwanz.«

Alle brechen in schallendes Gelächter aus. Das hat er sich selber eingebrockt, der Jammerlappen. Er ist genervt.

»Wenn du dich nicht von jedem hättest aufspießen lassen, wäre ich reingekommen. Dass wir die Szene nicht geschafft haben, lag nur an dir!«

»Nicht *wir* haben die Szene nicht geschafft, *du* hast sie nicht geschafft! Außerdem lasse ich nicht jeden rein.«

Er schmollt in seiner Ecke. Ich hab's ihm gegeben. Er verzieht sich. Wie gesagt, nur die Verklemmten hauen ab. Ich gehe mit Marie zu Maske. Ein Darsteller ist Deutscher, der andere Franzose. Wir liegen auf einem Tisch. Big Boss traut seinen Ohren nicht. Ich mache keine Stummfilme mehr, ich schreie. Er freut sich. Mir gefällt das nicht besonders, aber ich bin der Meinung, ich muss denen, die ich mag, etwas beweisen, beweisen, dass ich besser bin als die anderen. Die Darsteller sind begeistert, sie denken, ich komme, das erregt sie. Einmal habe ich mitgekriegt, wie sie eine Wette abgeschlossen haben: Wer mich so weit bringt, hat gewonnen. Gut, Kinder heute nicht. Das ist nur ein Job. Wir schlafen auf der Stelle ein. Marie kommt. »Ich wollte mich bei dir bedanken wegen heute Morgen, du hattest Recht. Ich hab's dir nicht gesagt – aber sie wollte, dass ich ihr das Hotel und das Frühstück zahle. Und Geschenke wollte sie auch. Sie wollte mich nur ausnützen.«

»Du musst dich nicht bedanken. Ich wollte nur, dass du mitkommst, weil wir es versprochen haben. Alles andere wusste ich nicht, aber auch für sie ist es besser so. Komm, gib mir einen Kuss, und wir vergessen die Sache.«

Wir verbringen die Nacht dort. Champignon dreht nicht, er hat sich verkrümelt. Besser so, dann muss ich ihn nicht schon wieder blamieren. Heute dreht eine ältere Frau mit uns. Simone. Sie hat sich gut gehalten, aber sie könnte meine Mutter sein. Das ist zu viel für mich. Angeblich ist sie wohlhabend, sie macht es nur aus Spaß, um sich von jungen Männern bumsen zu lassen. Offenbar bin ich die Einzige, die sich daran stört, die anderen vögeln mit der Alten. Sogar Marie findet das cool. Und mich findet sie komisch. Egal, sie dreht Superszenen, doch dazu muss sie sich anpissen und faustficken lassen. Die Jungs sind zufrieden, Big Boss auch. Seit 1997 lassen eigentlich nur noch die Mädchen aus dem Osten, die blauäugig hier ankommen, solche harten Sachen mit sich machen. Zuerst kamen die Ungarinnen; sie hatten Erfolg, sie verlangten für ihre Leistungen schnell hohe Summen und bekamen sie auch. Dann sind sie verschwunden, und die Tschechinnen haben ihren Platz eingenommen. Sie kommen jung, hübsch und mittellos hier an und werden oft von anderen Darstellern aus ihrem Land kontrolliert. Ich habe sie leiden und weinen sehen. Sie kennen nur die traditionellen Stellungen, vielleicht wissen sie noch, was Fellatio ist, aber Arschficken ist ihnen gänzlich unbekannt. Die Mädchen haben keine Erfahrung, sie sprechen die Sprache nicht, sie schlafen im Hotel oder auf dem Set, sie müssen einen Doppelfick machen, einen Faustfick, gerne auch noch einen analen Faustfick, vielleicht beides gleichzeitig, vielleicht auch mit zwei Händen im Arsch. Und am Ende hat man eine in Tränen aufgelöste Frau, die Blut pisst wegen der Verletzungen und die sich voll scheißt, weil ihr keiner gesagt hat, dass sie einen Einlauf machen soll. Aber das findet ja niemand schlimm – Scheiße verkauft sich gut. Nach der Szene, die sie nicht unterbrechen dürfen – es würde ihnen ja auch niemand zuhören –, haben sie zwei Stunden Pause. Dann wird weitergedreht.

Regisseure und Produzenten wollen solche Praktiken. Nicht aus Sadismus, sondern weil der Zuschauer es will. Bevor man die Pornoindustrie anklagt, muss man den Markt anklagen, der immer extremeren Sex verlangt, wie ihn die traditionellen Sender, beispielsweise Canal + oder XXL, nicht bringen. Was ich für mich nicht will, will ich auch nicht für andere. Bei den Szenen mit Mädchen aus dem Osten habe ich immer nur so getan, als würde ich faustficken, aber um ehrlich zu sein, mit den Mädchen, die es machen, obwohl sie es angeblich ablehnen, bin ich anders umgegangen. Weil sie Exklusivverträge über mindestens 10 000 Francs und eine Woche Dreharbeiten über 5 000 Francs pro Tag unterschrieben haben, halten sie sich für etwas Besseres. Das hasse ich. Und diese Mädchen waren Französinnen, das muss gesagt werden. Die Mädchen aus dem Osten drehen Hardcore, weil ihnen nichts anderes übrig bleibt. Sie müssen immer mit Repressalien rechnen, nicht in Frankreich, aber von ihrem Agenten, dem die anderen Darsteller Bericht erstatten. Die Französinnen machen sich nicht die Mühe, vor der Szene ein Klistier zu machen. Eines Tages habe ich einer Kollegin geschworen, dass ich ihr die Scheiße in den Mund stopfe, wenn sie keinen sauberen Arsch hat. Sie hat gedacht, der Regisseur wolle das nicht. Sie hat mich regelrecht dazu herausgefordert, und als es dann tatsächlich passiert ist, hat der Regisseur mich beglückwünscht: »Das war gut, Raffa! Das verkauft sich!« Er will, dass ich ihr ins Gesicht pisse. Ich trinke zwei Liter Wasser, schlucke die Tabletten, die man mir gibt, ohne genau zu wissen, was ich da nehme. Auf dem Set sind Tabletten an der Tagesordnung, damit man leichter pinkeln kann. Während der Szene kann man nicht auf die Toilette, man hält es zurück, bis der Kerl spritzt, dann lässt man es laufen. Das Mädchen liegt auf einer Plastikplane, die die Möbel schützen soll. Ich höre: »Piss ihr ins Gesicht!« Ich kann nicht, ich pinkle immer auf die Kleider – außer, es sind Französinnen, bei denen macht es mir sogar Spaß, sie sind so blöd und machen alles, nur um ihrer Meinung nach »viel« zu verdienen. Für mich hört der Porno bei einem Schwanz und einer Möse auf.

Die Pornoindustrie ist die reinste Sex-Sklaverei. Man muss Überstunden machen, und die hohen Tiere der Produktionsfirmen suchen sich Mädchen aus, mit denen sie dann den Abend verbringen. Manchmal drei Mädchen gleichzeitig. Die Mädchen weigern sich nur selten, weil sie Angst haben, dass man sie verpfeift und in die Tschechei zurückschickt. Wenn alle in die Disco gehen, dürfen sie natürlich nicht mit. Wenn sie was trinken wollen, bekommen sie nichts. Ich bringe ihnen heimlich Getränke. Und um ein paar Mädchen zu schonen, schlafe ich mit dem Regisseur – was ihn zur Abstinenz zwingt! Das ist unser Ehrenkodex.

Die Fantasien werden immer krasser. Der Arsch der Mädchen reicht nicht mehr aus. Auch die Typen müssen herhalten. Eine Szene: Ein Typ voll auf Poppers, sein Arsch voller Vaseline, ich stecke ihm einen Dildo von zwölf, fünfzehn Zentimetern Durchmesser rein und halte ein paar Minuten. Das war nur der Anfang. Dann mache ich mit dem Typ einen vierfachen analen Faustfick, meine Hände und die Hände eines anderen Mädchens. Ich bin platt: Der Typ will mehr. Nächste Szene: Er schiebt sich hinten ein Bein rein bis zur Wade. Ich weiß, dass es kaum zu glauben ist, aber ich habe es selbst gesehen. Eine andere Szene: Ein Paar dreht bei sich zu Hause in Südfrankreich einen SM-Porno mit Amateuren. Manche werden bezahlt, andere machen es aus Spaß, wie zum Beispiel der

Typ, dem meine Freundin Flo die Eier auf ein Brett nagelt. Er ist selig. Einen nach dem anderen zieht er die Nägel heraus, er blutet und lächelt.

Schlimmer noch: Eine Frau im siebten Monat lässt sich für 3 500 Francs vögeln, faustficken und anpissen, nur weil ihr Mann es will – ein bekannter Darsteller, von dem sie sich dann scheiden lässt.

Nach dem Drehtag mit Simone bin ich mit einer Freundin zum Abendessen verabredet.

Auf der Straße quatscht mich ein Typ an: »Gehen wir was trinken?«

»Nein, tut mir Leid, bin schon verabredet.«

»Blöde Spießerin!«

Wieso blöde Spießerin? Sehe ich etwa so aus?

Ich muss flitzen. In drei Stunden muss ich zurück sein, morgen muss ich vor Ort sein. Marie hat Manu angerufen, seit drei Tagen hatte er nichts von ihr gehört. Er hat sie beschimpft, sie hat aufgelegt. Sie sagt, sie kann ihn nicht mehr ertragen. Ich finde ihn nett, aber ich will nichts mit ihm haben, ich kann ihm keinen Rat geben, vor allem nicht in Bezug auf ein Zusammenleben. Ich hatte bis jetzt nur eine Zweierbeziehung. Mit Philippe. Und die ist nicht gut ausgegangen.

»Du wolltest mit ihm gehen, und du wolltest mit ihm leben, Marie. Ich finde es normal, wenn meine Freundin mir sagt, wo sie ist und was sie treibt. Sonst ist man kein Paar, und man lebt nicht zusammen. Du drehst Pornos, du bist nicht oft zu Hause, er hat ein Recht zu wissen, was du machst, oder?«

»Ja schon, aber er soll es nicht übertreiben, wir sind ja nicht verheiratet.«

»Wie lange bist du schon mit ihm zusammen?«

»Drei Jahre.«

»Nach drei Jahren ist man so gut wie verheiratet.«

»Ha, dass ich nicht lache! Ich bin nur mit ihm zusammen, weil ich nicht weiß, wo ich sonst hin soll. Ich empfinde nichts mehr für ihn.«

»Marie, ich mag Leute nicht, die mit jemandem gehen, nur weil es ihnen einen Vorteil bringt. Ich hätte nicht gedacht, dass du so bist. Du enttäuschst mich.«

»Ich bin auch nicht so. Und du weißt nicht, wovon du redest. Weißt du eigentlich, dass sein Vater einen Teil des Geldes bekommt, das ich verdiene? Das ist okay, wir wohnen ja auch bei ihm. Und seine Abende und seine Essen mit seinen anderen Freundinnen muss ich auch bezahlen. Ist das vielleicht ein Leben?«

»Dann gib ihm eben kein Geld. Es ist ganz einfach – du eröffnest ein Konto und zahlst das Geld ein. Dann kommt er nicht mehr dran. In zwei Wochen gehe ich für einen Monat nach Italien. Wenn ich wiederkomme, nehmen wir zusammen eine Wohnung, und dann sehen wir, wie es läuft. Ich kann dir nur raten, das Geld auf die Seite zu legen.«

»Was? Du gehst für einen Monat? Du hast mir gar nichts gesagt!«

»Ich habe es satt hier in Frankreich. Außer dir habe ich niemanden. Es kotzt mich an. Keine Sorge, ich komme wieder. Ein Monat geht schnell vorbei.«

»Das hättest du mir auch früher sagen können! Dann hätte ich mich vorbereiten können. Jetzt muss ich zu Manu zurück!«

»Du wärst sowieso zurückgegangen. Im Moment habe ich keine Wohnung.«

»Ja, aber es hat mir immer gut gefallen mit dir, ich werde mich einen Monat lang zu Tode langweilen und nur ausgehen, um ein paar Pussys aufzureißen, was, Raffa?«

»Wenn wir uns nicht kennen gelernt hätten, was hättest du dann gemacht?«

»Diese Frage stellt sich nicht, wir haben uns kennen gelernt. Seit zwei Jahren sind wir zusammen. Also sind wir verheiratet. Deine Worte!«

»Du bist doof. Deshalb mag ich dich, kleine Marie!«

Ich lade Michelle und Laurence zum Salon Erotica ein, der in derselben Woche stattfindet. Ich stelle ihnen meine Bekannten vor, darunter auch Géraldine, die Miss Erotica. Sie würde gerne eine Show in der Disco machen, ich sage es den beiden, sie sind einverstanden. Ich organisiere etwas für nächste Woche. Es freut mich, dass ich etwas bei Michelle und Laurence machen kann. Marie meint, ich tue das nur, weil ich in die beiden verknallt bin. Ich widerspreche, aber vielleicht stimmt es ja. Géraldine freut sich, sie tritt zum ersten Mal in einer Lesben-Disco auf. Frei heraus frage ich sie nach der Gage.

»Ich weiß nicht, Raffa. Gib mir einfach, was du denkst. Ich kann kein Geld von dir verlangen.«

»Handle einfach nach dem Prinzip, dass jede Leistung ihren Preis hat, und sag mir, wie viel du willst.«

»Nach allem, was du für mich getan hast, kann ich nichts von dir verlangen, ich schulde dir so viel. Und mit der Show kann ich meine Schuld begleichen. Das ist das Einfachste.«

Ich hatte ihr einmal aus der Klemme geholfen und ihr Klamotten für einen Auftritt gekauft. Ich weiß, dass sie nicht viel verdient, und ich mag sie gern.

»Du bist mir nichts schuldig, davon reden wir nicht mehr. 1 500, ist das okay?«

»Ja, das nehme ich normalerweise, aber von dir kann ich nichts verlangen.«

»Abgemacht. 1500. Dienstagabend, geht das? Danach bin ich nämlich für einen Monat in Italien.«

»Alles klar. Dienstag. Du bist klasse, Raffaëla.«

»Du auch!«

Ich überbringe Michelle und Laurence die gute Nachricht und lade sie ein, am Montagabend mit uns in einen Swinger-Club an der Place d'Italie zu gehen.

Zur vereinbarten Stunde am vereinbarten Ort nehmen Michelle, Marie und ich ein Taxi, die anderen kommen mit dem Motorrad. Wir stehen zu sechst vor der Tür, ein Mädchen trägt Turnschuhe. Der Türsteher will uns nicht reinlassen.

Michelle: »Géraldine hat uns eingeladen, können Sie sie rufen?«

Er: »Ich schau mal nach, aber ich verspreche nichts. Das ist eben die Hausordnung.«

Géraldine begrüßt uns mit Küsschen, wir gehen rein. In Lokalen wie diesem gibt es Kellerräume, man kommt sich vor wie in einer Höhle. Den Mädchen gefällt die Einrichtung. Der DJ zwinkert ihnen zu und stellt sie dem Publikum vor, offenbar weil sie eine Frauen-Disco betreiben. Das Interesse ist mäßig. Wir trinken was, dann kommt Cérone, ein Stripper. Er schnappt mich, und wir improvisieren zusammen auf der Tanzfläche. Er tanzt gut, und er ist nett. Überall hat er Muskeln. Ich mag muskulöse Männer. Wir haben uns schon früher mal gesehen, aber wir haben uns nicht bekannt gemacht. Jetzt oder nie. Gegen 2 Uhr muss er gehen, er hat noch einen anderen Auftritt. Wir tauschen Telefonnummern aus und verabschieden uns mit Küsschen. Ich frage mich, warum ich wohl einem so hübschen Mann gefalle. Außerdem macht er nicht den Eindruck, als würde er sich für mich nur interessieren, weil er mit mir schlafen will. Er ist ein Charmeur, das merkt man. Er kommt am Dienstag zu Géraldines Show. Später wird sie noch auftreten und den Mädchen zeigen, dass sie nichts Extremes macht. Sie befürchten, dass die Show für ihr Publikum zu hart sein könnte und die Frauen so etwas nicht gewöhnt sind. Ihnen gefällt Géraldines Show, also tritt sie am Dienstag im L'Entr'Acte auf. Michelle und Laurence fahren mit dem Motorrad heim, ich zahle Marie und Manu das Taxi, die beiden haben nie Kohle. Zum Glück gibt es Raffa! Ein anderes Mädchen begleite ich zu ihrem Fahrrad, das am Châtelet steht.

Dann kommt der Dienstag. Mittlerweile habe ich ein Mädchen kennen gelernt. Germaine ist blond und zierlich. Im weichen Licht erscheint sie mir hübsch. Marie findet sie mittelmäßig, sie kann es nicht ausstehen, wie sie sich kleidet. Sie mimt die Mondäne, was nicht gerade zu ihrem Vorteil ist. Germaine will mit mir ausgehen. Ich bin gespannt und sage Ja.

Géraldine ist pünktlich. Wir sind schon halb blau. Die Show fängt um 1 Uhr 30 an. Bis dahin kann sie sich fit machen. Man merkt, dass sie aufgeregt ist. Ich frage mich, ob sie durchhält, aber ich habe Vertrauen in sie. Heute Abend wollte ich ganz bestimmt nicht in ihrer Haut stecken! Ich habe die Kamera dabei, ich werde alles aufnehmen. Germaine ist auch da. Sie macht sich einen Spaß daraus, andere Mädchen zu küssen.

Ich sage zu ihr: »Sag mal, wie bist du denn drauf? Bist du bekifft? Wenn das so ist, dann bleib bei der, die du küsst. Schönen Abend noch!«

»Nein, *sie* hat mich geküsst, ich wollte nicht.«

Da kommt die Loverin von der Kleinen: »Is' was, du Fotze?«

Ich verziehe mich, ich habe keine Lust, mich zu schlagen. Soll sie doch selbst sehen, wie sie zurechtkommt. Ich gehe zu unserem Tisch zurück. Wir machen Fotos, wir filmen, wir haben Spaß. Germaine kommt. Wir gehen aufs Klo.

»Ich bin so verknallt in dich, ich bin total am Arsch.«

»Es ist mir egal, was du machst. Das ist eine Frage der Wertvorstellungen, und offenbar haben wir nicht dieselben.«

Ich denke immer noch, dass eine Beziehung auf gegenseitiges Vertrauen gründen muss. »Du und die Mädchen sind mir scheißegal, es gibt noch andere auf der Welt.«

Sie schlägt mit der Faust gegen die Wand. Ihre Hand schwillt an.

»Und dann willst du auch noch besonders schlau sein. Aber was bringt es dir, gegen die Wand zu schlagen, außer einem großen Bluterguss?«

Sie mault: »Du begreifst nicht, dass ich dich liebe. Das interessiert dich nicht!«

»Du liebst mich? Wir kennen uns doch gar nicht. Lass mich in Ruhe!«

Ich gehe zu meinen Freundinnen. Germaine spricht mit Marie. Glaubt sie, Marie kann meine Meinung ändern? Sie ist echt verbissen.

Marie kommt lachend an. »Germaine glaubt, dass ich das Kommando habe. Sie verkauft mir ihre billige Geschichte und glaubt, dass ich etwas ändern kann. Ich soll dir sagen, dass ihr wegen dir die Hand wehtut.«

»Wegen mir? Ich hab ihr doch nicht gesagt, dass sie gegen die Wand schlagen soll! Ehrlich, Marie, du kennst mich, du weißt, was ich von einer Beziehung erwarte. Glaubst du, ich will eine, die sich vor meinen Augen anderweitig amüsiert?«

»Ich hab nichts gesagt. Die Frau ist mir egal. Schau dich doch um – lauter Torten. Du musst dir nur eine aussuchen.«

»Ja, ich weiß. Kein Problem. Ich gehe nur mit ihr, um zu sehen, was sie sich vorstellt, das ist alles. Übermorgen fahre ich. Bis dahin werde ich nicht mit ihr schlafen. Es ist mir scheißegal, was sie macht.«

»Hast du ihr gesagt, dass du Pornos drehst?«

»Nein, warum sollte ich? Darüber können wir ein andermal reden, wenn du meinst. Die Show fängt an.«

Laura, eine Freundin, filmt. Géraldine tanzt zu *Saga Africa,* ich bin ihre Partnerin. Mich kennt sie am besten, ich trete mit ihr auf. Zuerst fängt sie mich und stülpt mir eine Affenmaske über. Ich muss sie bespringen. Es ist zum Piepen, aber ich lache, es macht Spaß. Danach kommt ein Teil des Publikums auf die Bühne, und wir tanzen *Saga Africa* zusammen. Es klappt verdammt gut, den Leuten gefällt es. Sie klatschen laut. Géraldine ist am Ende, eine halbe Stunde auf der Bühne, das ist tödlich. Wir gehen in die Garderobe, ich stecke ihr das Geld zu. Michelle und Laurence brauchen davon nichts zu wissen. Wenn es ihnen Spaß macht, macht es mir auch Spaß. Laurence beglückwünscht sie. Wir besaufen uns und machen Fotos. Ich bin so blau, dass ich meinen Ärger auf Germaine vergesse. Ich ertappe mich sogar dabei, wie ich sie »meine Frau« nenne. Ich befürchte das Schlimmste.

Marie: »Willst du mich verarschen? Vor einer Stunde noch hast du sie zum Teufel gewünscht, und jetzt hältst du Händchen mit ihr! Du glaubst wohl, sie ist wirklich in dich verliebt, doch sie sieht nur das Geld, das du ausgibst, das ist alles!«

»Bis jetzt haben das alle getan, mit denen ich zusammen war. Was ändert sich also für mich?«

»Meinst du mich?«

»Ich meine alle Leute, die ich kenne, Marie.«

»Ich bewundere dich für deine Offenheit, Raffa, aber ich bin nicht wegen des Geldes mit dir zusammen. Wir sind seit zwei Jahren befreundet. Ich hätte nicht gedacht, dass du mir das einmal an den Kopf wirfst. Doch es stimmt, du bezahlst mein Essen, meine Klamotten, und du hast mich in deiner Wohnung aufgenommen, ohne dass ich Miete zahlen musste. Aber ich habe immer gedacht, dass du es aus Mitleid tust, nicht, weil du für eine Freundschaft bezahlst.«

»Ich will damit nur sagen, dass alle Leute, die mich kennen, in mir eine Kuh sehen, die sie melken können. Mit dir gehe ich nicht nur aus – du bist Teil meines Lebens. Und wenn ich für dich bezahle, dann einzig und allein, weil ich dreimal so viel verdiene wie du. Ich weiß, dass es dir bei deinem Kerl nicht gut geht, und ich habe ganz bestimmt keine Lust, dich zu verletzen. Du weißt sehr gut, dass ich dich über alles liebe. Komm, gib mir einen Kuss!«

Die Nacht geht zu Ende. Wir verabschieden uns. Germaine fragt, ob sie bei mir schlafen kann. Ich sage Nein. Wir telefonieren morgen. Zu Hause sehe ich zuerst die Kassette an. Der Abend hat mir gut gefallen. Ich hoffe, so etwas gibt es mal wieder. Den Koffer habe ich schon gepackt. Ich hinterlasse meinem Vater eine Nachricht: *Ich gehe für einen Monat nach Italien. Wir sehen uns, wenn ich wieder zurück bin. Ich umarme dich, pass auf dich auf. Deine Tochter.*

Bis zu meinem Abflug bin ich bei Marie. Ein guter Freund von Germaine bringt uns zum Flughafen. Es fällt mir schwer, Marie zu verlassen, es ist das erste Mal, dass wir uns trennen. Es tut mir so weh, dass ich heulen könnte. Germaine küsst mich vor den Zöllnern auf den Mund. Es ist mir peinlich, aber ich sage nichts. Ich verspreche ihr, jeden Tag anzurufen. Dann fliege ich ab.

Ein Monat ist lang, aber es gefällt mir gut in Italien. Ich mache mich nicht verrückt und reise herum. Meine letzte Station ist Carpi. Ich liebe diese Stadt, sie ähnelt den Champs-Élysées, ich fühle mich ganz daheim. Ich habe eine schöne Wohnung mit zwei Freundinnen, MC und Luna, eine Schwarze. Zu Anfang haben wir gestritten. Luna spielt die Prinzessin. Wir kochen abwechselnd, aber sie macht im Haushalt nichts, MC und ich machen die ganze Arbeit. Das kotzt mich an, also gibt es Streit. Doch am Schluss verstehen wir uns supergut, und sie ist traurig, als wir abreisen.

Nach der Ankunft in Paris fahre ich direkt zu Marie. Sie öffnet die Tür.

»Überraschung! Ich bin's!«

Sie drückt mich an sich. Sie ist glücklich. Ich auch. Als hätte ich meine Familie wieder gefunden.

»Schläfst du hier?«

»Nein, ich gehe ins Hotel. Ich nehme auch für dich ein Zimmer. Ist das okay?«

»Ja, das passt mir gut. Die Dinge haben sich geändert, ich habe einen anderen.«

»Und Manu?«

»Er weiß nichts davon.«

»Warum tust du das, Marie? Du bist doch meine Freundin, und du weißt, dass ich so etwas nicht mag. Du musst es ihm sagen, sonst will ich davon nichts mehr hören.«

»Gut, dann reden wir nicht davon.«

»Willst du weiterhin mit ihm zusammenleben?«

»Nein. Wollten wir beide denn nicht eine Wohnung zusammen nehmen?«

»Doch. Gut. Beeil dich, wir gehen.«

In der Rue Amelot finden wir ein süßes Hotel. Gegen 14 Uhr rufe ich Germaine an, sie soll kommen. Mit Marie habe ich einen Einkaufsbummel gemacht und ihr viele Geschenke gekauft. Sie hat mir wirklich gefehlt. Komisch, wie sehr wir doch zusammengehören. Sie ist wie meine kleine Schwester. Die Leute denken immer, wir sind ein Paar.

Am Abend bin ich mit Germaine verabredet. Sie kommt mit ihrem Kumpel. Als könne sie nicht allein kommen! Ich dachte, er bringt sie nur her, dann geht er wieder. Aber nein, er bleibt. Das nervt mich, aber ich will ihn nicht rausschmeißen. Er fragt, ob er hier schlafen kann. Was? Zu dritt? Der Typ ist bescheuert! Marie hat Manu gesagt, dass ich da bin. Er kommt in mein Zimmer. Wie er sagt, hat er einen Plan. Sein Bruder überlässt ihm die Wohnung, er will, dass wir zusammenziehen – er, Marie und ich. Wir müssen nur die Kaution stellen. Ich bin einverstanden, er soll aber zuerst Marie fragen. Er sagt, Marie sei »offen«. Also gut. Als er ins Zimmer kam, haben weder Germaine noch ihr Freund es für nötig erachtet, ihn zu grüßen. Keine gute Kinderstube.

»Dass ihr meinen Freunden Guten Tag sagt, ist wohl das Mindeste, was man an Höflichkeit verlangen kann. Das wäre, wie wenn ich deinen Kumpel hier überhaupt nicht beachten würde, Germaine. Du weißt, was ich meine.«

Sie sagen Guten Tag, doch es wirkt so, als hätte man ihnen die Pistole auf die Brust gesetzt. Ich muss ihr wohl Benimm beibringen. Manu und ich gehen ins Bad und sprechen über die Wohnung. Das Hotel ist auf die Dauer zu teuer. Er drückt mir noch rein, dass Germaine, die er nur die »Transe« nennt, nicht zu mir passt. Für eine erste Erfahrung gebe es Besseres. Es ist spät, ich will schlafen. Germaine hat diesen Penner am Hals, der nicht weiß, wo er schlafen soll, und auch nicht gehen will. Am liebsten würde ich alle beide vor die Tür setzen. So etwas ist mir noch nie passiert. Was tun? Ich rufe Marie an. Sie ist sauer. Kann ich es ihr verdenken?

»Pah! Gib ihm eben mein Zimmer. Aber ich komme nicht. Ich rufe dich morgen an, dann machen wir etwas aus. Deine Freundin ist eine echte Fotze. Lass die Finger von ihr, mit der hast du nur Scherereien, glaub mir! Ich kenne diese Vorstadttorten, ich bin nämlich selber eine.«

»Ich auch, und ich bin nicht so.«

»Mach, was du willst, Raffa. Du hast 500 Eier für ein Zimmer bezahlt, und nun soll ein Typ, den du überhaupt nicht kennst, davon profitieren? Wenn das schon so anfängt, wirst du noch dein blaues Wunder erleben. Wirklich, Raffa, du bist schlau genug – schmeiß sie raus. Du bist ihnen doch nichts schuldig, oder?«

»Du hast Recht, aber ich bin auf Entzug. Ich bin nicht du. Ich habe seit Ewigkeiten nicht gebumst, ich habe Lust.«

»Wenn du schon so lange gewartet hast, dann kommt es auf ein paar Tage auch nicht mehr an. Glaub mir, morgen ist alles vergessen.«

»Gut. Ich lasse sie heute Nacht hier schlafen, und wenn sie morgen das gleiche Theater macht, gebe ich ihr den Laufpass.«

Im Zimmer ist die Atmosphäre angespannt. Ich bin so etwas wirklich nicht gewöhnt.

Ich sage zu Germaine: »Dass ich ein Zimmer genommen habe, um mit dir zusammen zu sein, heißt nicht, dass das auch für deine Kumpel gilt. Ich schwimme nicht im Geld. Find eine Lösung! Ich habe keinen Grund, auch nur irgendetwas für ihn zu tun. Hast du verstanden? Ich gehe mich waschen.«

»Kann ich mitkommen?«

»Nein, das mach ich allein. Ach übrigens, ich habe mir erlaubt, eine Zahnbürste für dich zu kaufen.«

Eigentlich habe ich überhaupt keine Lust mehr, mit ihr zu schlafen. Ich rufe Michelle an und sage, dass ich komme. Ich trinke zwei Flaschen Schampus. Danach bin ich zu nichts mehr zu gebrauchen. Besser so, dann muss ich auch nicht bumsen.

Am nächsten Abend treffe ich mich mit Marie im Hippo an der Bastille. Germaine fragt, ob ihr Kumpel mitkommen kann. Okay, aber keine Faxen wie gestern! Er hält mich wohl für eine Bank. Ich frage mich, wer die Rechnung bezahlt. Als Marie kommt, haben wir noch viel Zeit. Sollen wir ins Virgin gehen? Marie hat ihren neuen Freund mitgebracht. Ich nehme es ihr übel. Ich habe den Tag mit Manu verbracht. Mein Menschenverstand verbietet es mir, mich mit dem Neuen bekannt zu machen. Ich bin böse auf Marie, sie entschuldigt sich. Ich lebe nicht ihr Leben, ich weiß ja nicht, was sie mit Manu durchmacht. Wir lassen das Thema, wir sprechen über die Wohnung. Sie ist dafür. Ich begreife nichts mehr, aber ich frage nicht nach. Ich muss auf jeden Fall noch diese Woche eine Bleibe finden. Warum mache ich mir nur so viele Gedanken? Als ich ins Hotel zurückkomme, sehe ich, dass Germaines Zahnbürste unbenutzt ist Wie? Benutzt sie etwa meine? So nicht!

»Sag mal, welche Zahnbürste nimmst du eigentlich?«

Sie ist verlegen. Also meine. Fotze, blöde!

»Gar keine.«

»Wie? Putzt du dir die Zähne nicht?«

»Nein, normalerweise nicht.«

»Das wirst du aber mit mir tun müssen. Ich küsse niemanden, der schmutzige Zähne hat.«

»Gut, ich mach's.«

»Ja, und zwar gleich!«

Bescheuert. Sauberkeit ist das A und O für mich. Hat sie heute Morgen wenigstens geduscht? Vielleicht hat sie nur Wasser laufen lassen und so getan, als ob. Um mich zu vergewissern, dass sie duscht, leiste ich ihr Gesellschaft. Es stört sie, dass ich dabei bin, aber das ist mir egal. Als sie wieder aus der Wanne steigt, gebe ich ihr Wattestäbchen – falls sie das auch vergessen hat.

»Warum willst du dabei sein, wenn ich mich wasche?«

»Um sicher zu sein, dass du es auch tust. Weißt du, das ist eine Frage der Achtung vor dem anderen. Ich selbst würde mich ungewaschen nicht wohl fühlen mit jemand anderem. Es tut dir gut, du fühlst dich danach sicher besser.«

»Ich bin es gewöhnt, mich mit Seife und am Waschbecken zu waschen.«

»Pah! Hier hast du eine Wanne, nutz es aus!«

»So etwas passiert mir zum ersten Mal.«

»Ja, und für mich ist es das erste Mal, dass ich was mit einer wie dir habe. Alle Leute, die ich kenne, waschen sich. Das ist völlig normal, Mädchen.«

»Ja, aber du übertreibst, du spionierst mir nach, du gibst mir Wattestäbchen, und du hast sogar nachgesehen, ob ich mir die Zähne geputzt habe!«

»Und? Habe ich dir etwa einen Arm abgehackt? Wenn du es nicht normal findest, sauber zu sein, dann such dir eine andere Freundin. Ich bin seit zwanzig Jahren so, und ich habe nicht vor, mich zu ändern. Finde dich damit ab. Nächste Woche ziehe ich um. Ich ziehe mit Marie und Manu zusammen. Die Wohnung ist klein, wir können uns also nicht so oft sehen.«

»Aber ich kann doch ab und zu bei dir schlafen?«

»Ja, aber nicht jede. Wir werden sehen, es ist ja noch nicht so weit. Ich sage dir nur, wie es ist.«

»Wir haben noch eine Woche, das können wir ausnutzen.«

Ich bin nicht gerade begeistert. Ich habe schon keine Lust mehr, mit ihr zusammen zu sein. Wie soll ich ihr das beibringen? Ich würde nicht wollen, dass mir so etwas passiert – wie könnte ich es also einem anderen Menschen antun? Mir ist klar, dass ich nur Mitleid mit ihr habe. Manu sagt, ich sei doch nicht Mutter Teresa, aber das habe ich mir nun mal so ausgesucht. Marie und Manu wollen nicht, dass Germaine in der Wohnung rumhängt. Ich auch nicht. Ich weiß nicht, was ich machen soll. Ich bin nicht verliebt in sie, wieso also belaste ich mich mit ihr? Sie ist zwei Jahre älter als ich, hat keine Arbeit und lebt von der Stütze. Wir haben nichts gemeinsam, nichts, was uns verbindet. Und dann stört mich auch, dass sie meine Lebensweise nachahmt, folglich auch viel Geld ausgibt. Es ist klar, dass unsere Mittel bald erschöpft sind. Ich muss es ihr sagen. Ich versuche, mit ihr zu reden, es gelingt mir nicht. Mist!

Ich komme zum ersten Mal in die Wohnung. Sie ist Klasse. Eine ruhige Straße. Klingelcode, Sprechanlage. Keiner kann uns belästigen, wenn wir niemand sehen wollen.

Manu: »Marie zahlt die Kaution, Raffa, du bringst die Möbel. Du hast ja schon welche, das ist cool. Ich zahle die Miete. Da ist nur eine Sache: Die Versicherung kostet 600 Francs; die habe ich nicht.«

Marie: »Ich auch nicht. Ich habe gar nichts.«

»Habe verstanden. Ich zahle. Noch was?«

»Nein, das ist alles.«

»Morgen kaufen wir für Weihnachten ein und feiern. Ist das was, Marie?«

»Ja, Raffa.«

In der ersten Nacht schlafen wir auf dem Boden. Die Möbel kommen erst morgen. Germaine hat es geschafft, sich mit ihrem Kumpel einzunisten. Dieses Mal sagen wir nichts. Marie und Manu gefällt das gar nicht, mir auch nicht. Manu und ich beschließen, sie am nächsten Tag rauszuwerfen. Manu ist zwei Meter groß und wiegt 100 Kilo, die beiden haben keine Chance. Marie will woanders schlafen, solange sie da sind. Nur wegen Germaine bekomme ich Streit mit meiner besten Freundin. Das passiert mir zum ersten Mal. Ich verspreche Marie, dass nach den Feiertagen Schluss ist und wir nie wieder davon sprechen. Sie glaubt mir.

Weihnachten verbringen wir ohne Manu. Wir haben ihm einen Bären aufgebunden, damit er sich dünn macht, wir haben ihm sogar Geld für den Abend gegeben. Wir feiern zu Hause. Alles fängt gut an. Wir haben ausgemacht, dass sich Germaines Kumpel nach dem Essen verzieht, aber er hat keine Lust, das merkt man. Ich wollte den Abend zusammen mit Marie und anderen Mädchen ausklingen lassen. Er geht und kommt wieder – angeblich springt sein Wagen nicht an. Er will hier schlafen. Was glaubt er eigentlich? Das hier ist doch keine barmherzige Herberge! Ich muss ihn hier schlafen lassen, aber er soll uns bloß nicht in die Quere kommen. Ich will bumsen. Es ist dunkel, aber er hört alles. Plötzlich schreit er. Der Tropfen, der das Fass zum Überlaufen bringt. So nach dem Motto: Ich lasse die Hosen runter.

»Ich bin ein Mann, ich werd euch alle nageln, ihr Schlampen!«

»Weißt du was? Du wirst dich jetzt wieder anziehen. Und spiel dich hier nicht auf, das ist meine Wohnung, merk dir das! Wir haben gesagt, du sollst gehen. Du hast kein Geld, aber das ist nicht unser Problem. Treib es nicht so weit, dass wir unsere Freundlichkeit bereuen. Du gehst jetzt schlafen, und morgen verschwindest du, sobald du aufwachst. Und glaub mir – hier wirst du nie wieder einen Fuß reinsetzen.«

Wir gehen schlafen. Als ich aufstehe, ist er weg. Ich sage Germaine, dass sie sich auch vom Acker machen soll. Ich hatte letzte Nacht Gelegenheit zum Nachdenken. Sie interessiert mich nicht mehr. Und die Sache mit ihrem Kumpel gibt mir einen guten Grund, sie mir vom Hals zu schaffen. Sie kann ihre Sachen packen und verschwinden. Marie sagt kein Wort. Sie ist schockiert. Es ist zwar unser Zuhause, aber die Regeln stellen andere Leute auf. Das will sie nicht mehr. Ich auch nicht. Manu kommt zufrieden zurück, er hatte einen schönen Abend. Wir erzählen ihm, was passiert ist. Er lacht. Später jedoch sagt er mir, dass er diesem Scheißkerl ohne Vorwarnung an den Kragen geht, wenn er noch mal hierher kommt. Ich sage ihm, dass er sich keine Gedanken machen muss.

Über Germaine sagt er: »Und diese Transe will ich auch nicht mehr hier sehen. Sie treibt einen Keil zwischen uns. Verdammt! Ich habe sie hier reingelassen, und sie sagt mir nicht mal Hallo!«

»Was? Kein Hallo? Na ja, sie ist auch weg. Ich mag es nicht, wenn wir zanken.«

»Du hast Recht, nun wird es besser. Und wie sie redet! ›Oh, ich bin krank, Raffa, ich liebe dich ...‹ Blöde Fotze!«

»Du kannst denken, was du willst, Manu, aber tritt mir nicht auf die Zehen!«

»Gut, entschuldige. Aber sie ist wirklich eine Fotze. Ich kann sie nicht leiden. Und sie will nur dein Geld. Glaubst du etwa, sie liebt dich, diese Kuh? Du träumst! Du kaufst ihr alles, was sie noch nie in ihrem Leben gehabt hat. An ihrer Stelle würde ich dich auch lieben.«

»Hau ab, du Arsch!«

»He, Raffa, ich liebe dich! Hast du mal 100 Eier?«

»Verschwinde!«

»Ich liebe dich, kleiner Megastar!«

»Ich dich auch, du Spinner.«

Die Woche über machen wir nichts Großartiges. Marie und ich wollen wieder drehen. So weit es unsere Körper zulassen. Wir haben mit Big Boss telefoniert. Er hat etwas für nächste Woche. In der Zwischenzeit hängen wir im L'Entr'Acte rum. Germaine steht wieder auf der Matte, sie will mit mir reden. Ich habe ihr nichts zu sagen, sie interessiert mich nicht mehr. Ich will wieder Pornos machen, und ich will sie nicht in meiner Welt haben. Die gehört nur mir.

»Hör mal, ich mache Pornos. Ich kann nicht zu jemandem sagen, dass ich ihn liebe, und gleichzeitig mit anderen vögeln. Außerdem habe ich keine Lust, mit dir zusammen zu sein. Wir leben nicht in derselben Welt. Deine Interessen sind nicht meine und umgekehrt.«

»Ich liebe dich, ich will bei dir bleiben. Ich bin krank, vielleicht werde ich sterben. Hast du meine Narbe gesehen, das war eine Herzoperation. Ich muss wieder unters Messer. Vielleicht muss ich sterben.«

»Vielleicht stirbst du, vielleicht auch nicht.«

Ich habe nicht den Mut, sie zurückzuweisen. Es ist so etwas wie ihr letzter Wille, wie bei den Gefangenen in der Todeszelle, bevor sie auf den Stuhl müssen. Ich bleibe also bei ihr, aber sie muss woanders schlafen. Das habe ich meinen Freunden versprochen. Wir verbringen den Nachmittag zusammen und schwören uns absolutes Glück. Am Abend geht sie, wie verabredet. Marie meint, ich mache einen Fehler. Sie versteht nicht, dass ich vielleicht die Letzte bin, die Germaine die Stange hält. Sie denkt, ich will den barmherzigen Samariter spielen. Das ist wohl wahr. Aber es ist mein Leben, nicht ihres.

Manu sieht es aus einem anderen Blickwinkel: »Ich sag's dir: Ich will nicht, dass sie hier schläft!«

»Ich habe nicht gesagt, dass sie das tut.«

»Sag mal, bist du blöd oder was, Raffa? Wach auf! Siehst du denn nicht, dass sie dich verarscht? Ich hab doch gehört, was sie für Sprüche klopft. Glaubst du wirklich, sie stirbt? Was hätte sie gemacht, wenn sie dich nicht kennen gelernt hätte? Ich weiß, dass du ein großes Herz hast, aber du machst wirklich einen Fehler, ich schwör's dir, Raffa. Ich mag dich echt, und ich will nicht mit ansehen müssen, wie dich diese Fotze ausnützt! Weiß sie, dass du Pornos drehst? Du bist mit allen Wassern gewaschen, aber von ihr lässt du dich einlullen. Du nervst! Ich mache Druck, bis du es endlich begreifst!«

»Du bist nicht mein Mann, Manu! Behalt also deine Ratschläge für dich und deine Kumpel, okay? Ich bin alt genug, ich brauche keinen Leibwächter. Ich habe gesagt, sie schläft nicht hier, der Rest geht dich nichts an.«

»Mach doch, was du willst, mir ist das egal. Aber wir sprechen uns noch, du wirst sehen. Torten gibt es wie Sand am Meer, du verdienst etwas Besseres. Germaine ist hässlich, und sie ist nicht die Hellste. Oder – doch, sie ist sogar ziemlich helle, sie hat es geschafft, dich um den Finger zu wickeln. Trotzdem ist das alles eine große Scheiße, sag ich dir.«

»Bist du fertig? Gut. Morgen drehen wir, Marie und ich. Ich muss schlafen.«

»Wie – Marie dreht?«

»Mit Big Boss.«

»Kann ich kommen?«

»Nein, das bringt nichts.«

Auf dem Set treffen wir alle Bekannten wieder. Ich bin glücklich. Wir sind wie eine Familie. Ich muss keine richtige Szene drehen, ich bin eher Statistin. Das passt mir. Ich habe keine große Lust mehr, mich vögeln zu lassen. Die letzte Szene drehen Marie, ein Junge und ich. Marie trägt ein Kostüm aus Alufolie, ich einen Body aus Latex, der Mann ist angezogen wie ein Mann. Wie immer. Warum müssen immer nur die Mädchen lächerliche Kostüme tragen? Abgesehen davon steht Marie das Alu-Ding. Wir spielen drei Freunde. Ich lutsche ihn und lecke ihm die Eier. Er nimmt mich, Arsch zur Kamera.

»Oh, du bist gut! Ich bin so geil auf dich! Du bist so eng! Gefällt dir, was ich mache?«

Ich lächle und sage nichts. Dann ist Marie dran. Auf allen vieren.

Big Boss gibt Anweisungen: »Mach's anal, das mag sie. Komm, Marie, geil ihn auf. Zeig ihm, dass dir das gefällt. Das ist gut, Kleine. Stellungswechsel, Kinder. Super!«

Während der ganzen Zeit küsse und streichle ich den Mann. In der Stellung hat Marie Luft im Arsch, sie furzt ein paar Mal.

»Entschuldige, David, ich mache das nicht absichtlich.«

»Hör auf, Marie, ich kann nicht mehr, er steht mir nicht mehr.«

»Oh! Ist das gut! Entschuldige, David, entschuldige.«

Wir halten an, wir lachen uns halb tot, wir kriegen uns nicht mehr ein. Selbst der Kameramann kann nicht mehr vor Lachen. Die Szene endet mit einem Cumshot in unsere Gesichter. Das finde ich weniger komisch. David schlägt vor, dass wir einen Abend zusammen verbringen. Wir sind einverstanden. Wir gehen essen und haben bestimmt einen tollen Abend. Wir stecken unsere Scheine ein und verziehen uns.

Bald findet das *Hot Vidéo*-Festival an der Porte Champerret statt.* Wir gehen hin. Vielleicht bekommen wir Angebote aus dem Ausland.

In der Woche sind zwei Essen geplant, eines mit David, eines mit Big Boss. Ich mag dieses Leben. Ich mag vor allem, dass sie auf diese Weise ihre Wertschätzung für mich zeigen. Der Abend mit David ist schön. Nur am Ende fehlen dem Hausherrn angeblich 2 000 Steine. Er will, dass wir uns ausziehen. Marie weigert sich. Ich habe mir nichts vorzuwerfen, also mache ich es. Als Einzige.

David: »Wenn sie sagen, sie waren es nicht, dann glaube ich ihnen. Ich kenne sie seit zwei Jahren, wir sind befreundet, und ich will nicht, dass man sie so behandelt.«

Sein Freund Pascal sagt: »Darum geht es nicht, David, du musst auch ihn verstehen. Wenn er sagt, er hatte 2 000 Francs in der Tasche, so gibt es keinen Grund, ihm weniger zu glauben als deinen Freundinnen. Es waren auch noch andere Leute da, es war sicher ein anderes Mädchen. Und ich kann sie verstehen: Wenn ich 2 000 Steine gesehen hätte, hätte ich sie auch eingesackt. Egal, es ist ja gut ausgegangen. Kommt, Mädchen, ich begleite euch zum Taxistand.«

David entschuldigt sich, es tut ihm Leid. Aber es ist nicht seine Schuld. Wir umarmen ihn. Am Taxistand danke ich den beiden. Offensichtlich fassen sie es falsch auf.

»Kein Problem, es war wirklich ein schöner Abend.«

»Ich bin es nicht gewöhnt, dass man sich bei mir bedankt. Du bist eine gute Seele, das merkt man. Danke, Mädchen, und tut mir wirklich Leid wegen dieser Geschichte.«

* Jährliche Veranstaltung zur Promotion von Darstellern und neuen Filmen.

Um 11 Uhr bin ich mit Germaine bei McDonald's an der Place de la République verabredet. Ich erzähle ihr von dem Abend, sage ihr, dass ich Koks genommen hätte. Wie hat das gewirkt? Ich konnte nicht schlafen. Sie schmiert mir eine. Ende der Diskussion.

»Mach das nicht noch mal, ich warne dich. Das war das erste und letzte Mal. Verstanden?«

»Warum nimmst du so was?«

»Du musst mir nicht sagen, was ich zu tun und zu lassen habe. Mit meinem Leben mache ich, was ich will. Dass das klar ist! Ich gehe jetzt nach Hause, ich habe letzte Nacht nicht gepennt, ich muss Schlaf nachholen.«

»Kann ich mitkommen?«

»Das haben wir doch schon besprochen – es geht nicht, das habe ich mit meinen Freunden so vereinbart.«

»Deine Freunde gehen aus, sie essen, sie vögeln, sie leben zusammen. Nur du darfst das nicht! Das ist nicht normal. Ich weiß nicht, ob du's gemerkt hast, aber sie schreiben dir vor, was du zu tun hast. Das bringt's nicht.«

»Versprochen ist versprochen. Wenn du willst, gehen wir ins Hotel.«

»Ja, gerne. Ich habe Lust auf dich, du fehlst mir.«

Wir nehmen uns ein Zimmer im Campanile an der Bastille. Wir vögeln und schlafen. Jedes Mal, wenn ich mit ihr zusammen bin, stelle ich mir vor, es sei eine andere. Das ist blöd, aber es klappt nicht mit ihr. Was tun? Schluss machen? Das kann ich nicht, ich bin die Einzige, auf die sie sich verlassen kann. Ich tue eben, als ob – es dauert ja nur einen Moment. Ich sitze in der Falle. Vielleicht gewöhne ich mich mit der Zeit an sie. Das hoffe ich wenigstens. Sie will immer bestimmen. Ich hätte auf meine Freunde hören sollen. Geschieht mir recht! Ich versuche, ihr klar zu machen, dass unsere Wege nicht die gleichen sind, aber sie hängt sich an mich. Ich bin hin und her gerissen zwischen meinem Bedürfnis nach Freiheit und dem Versprechen, sie nie zu verlassen. Besser hätte ich mir das Bein gebrochen! Manchmal, wenn ich blau bin, spreche ich sie beim Vögeln mit einem anderen Namen an. Wenn ich dann wieder nüchtern bin und sie es mir erzählt, sage ich ihr, dass ich geträumt hätte. Ich werde in Zukunft aufpassen. Ich gehe zu mir nach Hause, sie zu sich. Niemand hat die Stromrechnung bezahlt, bald werden sie uns den Strom abstellen.

Ich wecke Manu. »Denkt ihr eigentlich nie dran, Rechnungen zu bezahlen? Seid ihr so blöd? Wenn ich es nicht gemerkt hätte, hätten wir morgen keinen Strom mehr.«

»Ich habe es Marie gesagt, aber sie hat keine Kohle.«

»Und mir konntet ihr es nicht sagen?«

»Doch, wir haben es vergessen.«

»Ihr habt es vergessen. Du bezahlst das jetzt sofort!«

»Entschuldige, aber kannst du mir 100 Eier geben? Wir haben nichts mehr zu essen.«

»Ich gebe dir 100 Eier, aber du bezahlst die Rechnung.«

»Danke, kleiner Megastar!«

»Lass mich bloß in Ruhe! Wo ist Marie?«

»Keine Ahnung. Trifft sich mit ihrem Stecher. Bin gleich wieder da, Süße.«

»Ich schlafe, also mach nicht so viel Lärm.«

»Ich esse was, dann mach ich Sport. Ich nerv dich ein Stündchen, dann siehst du mich heute Abend nicht mehr. *Ciao, bella!*«

»Salut, caprone!«

Er gibt mir einen Kuss und ist weg. Gut, dass ich allein bin, dann kann ich nachdenken. Vielleicht hat Germaine Recht. Warum darf niemand bei mir schlafen? Man sagt mir was, und ich tu's. Morgen werde ich einiges klarstellen. Ich habe mir noch nie erlaubt, jemandem etwas vorzuschreiben, egal wem. Warum soll ich mich dann nach den anderen und ihren Moralvorstellungen richten?

Seit drei Tagen habe ich die Wohnung nicht verlassen, und niemand ist gekommen. Ich mag es, wenn es so friedlich ist. Ich habe beschlossen, dass Germaine ab morgen hier wohnen wird, ich sage niemandem etwas, ich lasse sie einfach kommen. Ich sage ihr, dass ich in zwei Wochen für ein paar Tage nach Italien muss. Währenddessen muss sie bei sich zu Hause wohnen. Manu und Marie nehmen mir diese Entscheidung sehr übel. Manu schwört, dass er ihr das Leben zur Hölle macht, solange ich in Italien bin. Ich mache mir keine Sorgen. Wenn ich nicht da bin, ist sie auch nicht da.

Unsere Beziehungen verschlechtern sich rasant. Auch Manu und Marie verstehen sich nicht mehr gut. Eines Nachmittags kommt Marie heulend nach Hause. Er hat sie in Montparnasse geschlagen und wollte ihre Kreditkarte klauen. Sie konnte ihm entwischen. Eine Viertelstunde später kommt Manu.

Ich sage zu ihm: »Ich warne dich – wenn du sie anrührst, bist du tot, du Scheißkerl!«

»Was soll das? Sie ist verrückt! Mitten auf der Straße schlägt sie auf mich ein, ich bin doch nicht ihr Stecher! Ich glaub, ich spinn! Ich schmier ihr eine!«

»Wenn du sie anfasst, bringe ich dich um. Ihr Geld gehört nicht dir. Hast du verstanden?«

»Marie, mach auf, ich will mit dir reden. Mach auf!«

»Manu, hör auf!«

»Schon gut, schon gut! Ich kann doch wohl noch mit ihr reden.«

»Was willst du von ihr? Die Geheimzahl für ihre Bankkarte?«

»Ich wollte 100 Eier, und sie hat Stress gemacht!«

»Ich habe die Karte. Wie willst du jetzt an sie rankommen? Willst du mich auch schlagen?«

»Marie, mach auf!«

Marie macht auf. Sie schließen sich ein. Auf einmal höre ich Marie schreien. Er schlägt sie!

»Manu, mach auf! Du hast zwei Sekunden!«

Nichts. Ich schlage die Tür ein. Er hat ihr den Kopf auf den Ausguss gedonnert. Alles geht so schnell, er entwischt. Hier kommt er nie wieder rein! Marie weint, sie hat Schmerzen. Ich tröste sie, so gut es geht. Sie erzählt mir die ganze Geschichte. Ich soll ihre Bankkarte behalten, sie hat Angst vor ihm. Ich habe keine Angst.

»Danke. Zum Glück gibt es dich, Raffa, danke. Entschuldige, ich wollte nicht, dass du das mitkriegst. Entschuldige bitte.«

»War es das erste Mal?«

»Nein, das geht seit drei Jahren so.«

»Warte, ich verstehe nicht – seit drei Jahren schlägt er dich?«

»Ja.«

»Und das sagst du mir erst jetzt?«

»Was hätte sich geändert, wenn du es gewusst hättest?«

»Nun, also, ich wäre mit ihm nicht in eine Wohnung gezogen. Ich garantiere dir, dass er das nie wieder tun wird! Wie geht es deinem Kopf?«

»Geht schon.«

»Sollen wir ein bisschen ausgehen?«

»Nein, ich will schlafen.«

»Gut, dann schlaf.«

Manu hat sich seit fast einer Woche nicht mehr blicken lassen. Das tut uns gut. Am Abend gehen wir aus, wir sind völlig betrunken. Als wir zurückkommen – Überraschung! Er ist da. Er hat die Tür blockiert, damit wir nicht reinkommen. Ich klopfe – das erste Mal sachte.

Er: »Deine Transe kommt hier nicht rein.«

»Mach die Tür auf!«

Wir machen so einen Radau, dass ihm nichts anderes übrig bleibt. Er macht auf, er ist ultragenervt. Marie raucht. Er befiehlt ihr, die Kippe auszumachen. Sie weigert sich. Er schreit. Sie drückt ihm die Zigarette ins Gesicht. Er regt sich auf, schnappt sie und schmeißt sie raus. Ich hole sie wieder rein. Sie steckt eine Zigarette an. Das gleiche Schauspiel. Dieses Mal verriegelt er die Tür. Ich hole ein Jagdmesser, das ich schon seit Jahren habe, und halte es ihm an die Kehle.

»Es ist 3 Uhr morgens. Du lässt uns jetzt in Ruhe, oder ich bringe dich um. Ist das klar?«

»Hör zu, Raffa, du weißt, dass ich Rauch nicht ausstehen kann. Es ist 3 Uhr, ja, aber übertreib es nicht.«

»Du blockierst einfach die Tür. Das haben wir bei dir noch nie gemacht.«

»Gut, okay, das hätte ich nicht machen sollen. Aber deine Transe will ich hier nicht sehen.«

»Du hast Marie wegen 100 Eiern geschlagen, das ist unverzeihlich! Und was meine ›Transe‹ angeht, bezahle ich die Miete für sie. Du hast mir nichts zu sagen!«

»Ich will schlafen, ihr geht mir auf den Sack!«

»Wir gehen dir auf den Sack. Aber wir wohnen hier. Und ich gebe dir einen Rat: Hol jetzt Marie wieder rein und lass uns in Frieden. Das nächste Mal schneid ich dir die Kehle durch. Klar?«

»Willst du mir drohen?«

»Du hast es erfasst! Nimm dich also in Acht, wenn du noch eine Weile leben willst. Ich sage es dir nicht noch fünftausend Mal. Hol jetzt Marie!«

Um 9 Uhr macht er sich dünn. Marie beglückwünscht mich. Ich finde das unberechtigt. So weit ist es gekommen, dabei hätten wir nur gehen und uns eine andere Wohnung nehmen müssen, um das Schlimmste zu verhindern. Ich war noch nie in meinem Leben so gewalttätig. Das einzig Gute an der Sache ist, dass er Angst vor mir hat. Aber die Lage ist verzwickt. Ich bitte Germaine zu gehen, ich muss mit Marie zu Potte kommen. Germaine nervt, sie mischt sich in Dinge, die sie nichts angehen. Es sei doch nicht ihr Fehler, wenn die sich zoffen, sie sehe nicht ein, warum sie gehen soll, ihr Teil der Miete sei bezahlt. Toll! Sie reißt ziemlich das Maul auf. Ich bezahle, also treffe auch ich die Entscheidungen.

»Du verschwindest jetzt, Germaine. Ich sage hier, wo's langgeht! Du bist hier lediglich geduldet, merk dir das! Geh mir bloß nicht auf den Geist, ja?«

»Warum muss ich alles ausbaden? Ich habe doch nichts gemacht.«

»Und tschüss!«

Marie: »Ich bin froh, dass du sie rausgeschmissen hast. Das hier geht sie nichts an.«

»Wir müssen eine Entscheidung treffen, Marie. Das kann so nicht weitergehen. Ich hätte ihn gestern fast umgebracht. Ich habe Angst vor dem, was ich tun könnte.«

»Du bist stark, Raffa. Ich war ganz baff!«

»Ich habe es nicht gemacht, damit du baff bist, ich habe es einfach getan, und ich hätte die Sache auch durchgezogen. In meiner Familie lassen sich alle Frauen misshandeln, ich bin so aufgewachsen. Aber ich sehe nicht mehr ein, warum eine Frau vor meinen Augen von einem Typ platt gemacht werden soll. Andererseits will ich auch nicht zur Mörderin werden.«

»Ich werde ihn verlassen. Ermès – der Typ, mit dem ich Manu betrüge – mag mich, und ich mag ihn.«

»Wenn du ihn nur verlässt, wird sich nichts ändern. Wir müssen von hier weg.«

»Und Germaine?«

»Was ist mit Germaine? Ich bin nicht ihre Mutter. Ich finde, sie nimmt sich bei mir ziemlich viel raus, das kann ich nicht leiden. Weißt du was? Wir bringen Manu um, wir bringen Germaine um, wir schneiden sie in Stücke und werfen sie in die Seine. Machst du mit?«

»Ist das dein Ernst?«

»Und ob das mein Ernst ist, Marie! Ich habe die Schnauze voll von diesem Leben, ich kann nicht mehr.«

»Aber das können wir doch nicht tun, Raffa!«

»O doch! Wir brauchen nur den nötigen Mut dazu. Wir kaufen Müllsäcke und eine Säge, und die Sache ist geritzt.«

»Du spinnst, Raffa. Komm wieder zu dir, du machst mir Angst.«

»Und welche Lösung gäbe es sonst, Marie?«

»Nicht weinen, Raffa. Du bist doch nicht so, lassen wir das.«

»Ich habe keine Kraft mehr, all das zu ertragen. Jedes Mal sterbe ich fast. Das letzte Mal, als mein Vater Hand an mich gelegt hat, habe ich ihn zusammengeschlagen. Ich wollte ihn umbringen. Das Leben hat mich zu dem gemacht, was ich bin. Seine Söhne haben mich immer nur geprügelt. Und weißt du, was der Kleine gesagt hat: ›Lass sie doch. Wenn du sie schlägst, hast du nachher die Schmerzen. Sie hat schon so viel Prügel bekommen, dass ihr das nichts mehr ausmacht.‹ Für jeden Tritt habe ich meinem Vater einen Tritt zurückgegeben. Ich hätte ihn fast umgebracht. Wir müssen unser Leben selbst in die Hand nehmen, wir dürfen die Entscheidungen nicht den anderen überlassen. Was mit Manu war, darf sich niemals wiederholen.«

»Aber, Raffa, das wäre Mord! Das ist ja schrecklich!«

»Ich weiß, Marie, ich weiß. Was sollen wir also machen?«

»Komm, gehen wir raus.«

»Raus? Wohin?«

»In die Bar runter.«

Wir trinken. Das Gespräch dreht sich darum, die Wohnung aufzuräumen. Manus Pornozeitschriften wegzuwerfen. Die Fenster zu putzen. Die alten Klamotten auszusortieren. Wir nehmen ihm den Wind aus den Segeln, er bekommt nichts mehr von uns. Germaine ist immer noch da, sie treibt sich vor dem Haus herum. Sie kommt mir nicht rein, das schwöre ich! Ich habe die Nase voll von all den Leuten, die mich verarschen. Nur Offenheit führt zu etwas. Ich werde in Kürze nach Italien fahren, es ist Zeit, mit allem zu brechen, was mich nicht interessiert. Wenn es doch so einfach wäre! Germaine steht auf der Klingel, sie macht uns wahnsinnig. Ich werde weich, ich lasse sie rein. Marie sagt nichts. Es ist meine Aufgabe, sie ein für alle Mal rauszuschmeißen. Ich schaffe es nicht, sie weint. Sie ist mir ein Klotz am Bein, es kann nicht so weitergehen, aber es geht weiter … Ich werde sagen, ich hätte eine neue Loverin. Vielleicht lässt sie mich in Ruhe, wenn ich ihr wehtue. Aber auch das schaffe ich nicht. Ich kann nicht lügen. Damit würde ich mich selbst in Frage stellen. Ich will mir treu bleiben. Also werde ich sie weiter ertragen. Wie lange noch? Lieber Gott, hilf mir, eine Lösung zu finden! Ich werde in die Kirche gehen, vielleicht finde ich dort eine Antwort. Meine Abreise rückt näher, ich habe keine Zeit mehr, auch nur das Geringste zu unternehmen. Zehn Tage – das wird mir helfen. Ich hoffe nur, dass während meiner Abwesenheit nichts Schlimmes passiert. Wir können Manu nicht rauswerfen, es ist ja auch seine Wohnung. Marie will woanders wohnen, solange ich weg bin. Das ist schon mal gut. Ich mache den Fehler, meine Schlüssel bei Germaine zu lassen.

Ich rufe an, um die Stimmung zu testen.

Manu: »Ich habe ihr die Schlüssel abgenommen. Sie hat gemeint, sie ist du – sie hat mich mit dem Messer bedroht. Ich habe ihr eine gescheuert. Sie will mir vorschreiben, was ich zu tun habe. Sie hat Leute mitgebracht, sie haben in deinem Bett geschlafen. Sie erlaubt sich ganz schön viel. Ich warne dich, sie kommt hier nicht mehr rein!«

Es gibt nur noch eine Lösung: Ich muss da raus. Ich werde mich in die Scheiße reiten, aber so wird Manu erfahren, wie das Leben ist.

Um 19 Uhr komme ich in Paris an. Marie erwartet mich zu Hause. Sie, nicht Manu, hat Germaine die Schlüssel abgenommen. Sie erzählt mir, was passiert ist. Ihrer Meinung nach hat Manu Recht. Vielleicht. Aber deshalb braucht er noch lange nicht die Hand gegen jemanden zu erheben. Er hält sich wohl für den Chef der Welt. Wir sprechen über alles, was passiert ist, seit wir zusammenleben. Angeblich ist alles Scheiße, seit Germaine da ist. Sie haben Recht, aber ich habe ihr versprochen, dass ich sie nicht hängen lasse. Ich werde ausziehen. Marie will unbedingt mitkommen, sie will nicht mehr mit Manu zusammenleben. Momentan haben wir kein Dach über dem Kopf, wir müssen schnell eine Lösung finden. Germaine ruft an. Sie tischt mir ihre Version der Geschichte auf. Ich höre gar nicht hin, ich sage nur, dass es nach all dem Scheiß, den sie gemacht hat, besser ist, wenn sie sich hier nicht mehr blicken lässt. Sie sagt, sie hat keine Kohle, sie wohnt bei ihrer Tante, und mit der versteht sie sich nicht gut. Was kann ich dafür? Ich lege auf. Ich schlafe allein. Es tut mir echt gut, allein zu sein. Am nächsten Tag geht es besser. Wir machen uns nicht mehr gegenseitig an, wir sind wie eine richtige Familie. Alles wird gut. Unser Problem heißt also Germaine. Gut so. Wir frühstücken zusammen, als sei nichts gewesen. Germaine ruft an, sie weint, sagt aber nicht, warum. Ich verstehe das nicht, aber eigentlich ist es mir auch egal. Am Nachmittag ruft eine ihrer Pseudofreundinnen an. Sie bedroht mich, reicht den Hörer an ihren Vetter weiter, der mich ebenfalls bedroht.

Ich weiß nicht, was das soll. Ich schicke die beiden zum Teufel. Ein paar Stunden später rufen sie wieder an, entschuldigen sich und bitten mich, zu Germaines Tante zu kommen und bei Germaine zu schlafen. Ich mache es, ohne genau zu wissen, warum. Am Sonntagnachmittag bin ich also bei der Tante. Germaines Freundin, die mich angerufen hat, der Vetter und Momo, den ich damals rausgeschmissen hatte, klingeln. Die Geschichte, dass ich bei Germaines Tante schlafen soll, war eine Falle, sie wollen auf mich losgehen. Ich mache auf, barfuß und in Unterhose. Ich habe keine Angst, das sehen sie, als ich auf dem Treppenabsatz stehe. Keiner wagt es, mich anzurühren. Sie sagen, ich soll Germaine in Ruhe lassen, sie bringen mich nach Paris zurück. Gut. Ich gehe mit ihnen, ich habe sowieso genug. Doch in Wahrheit bringen sie mich zu einer anderen Tante von Germaine, die mich angezeigt hat: Ich hätte ihre Nichte gezwungen, Pornos zu drehen, ich würde ihr Drogen geben und so weiter. Diese Leute sehen einfach zu viel fern. Als die Tante mich sieht, kriegt sie einen Schreck. Sie haben ihr eine völlig falsche Beschreibung von mir gegeben. Ich sei 33, 1 Meter 70 groß und wiege 60 Kilo. Und ach, ich vergaß: Ich muss meine BHs maßschneidern lassen, weil mir von der Stange keiner passt.

Die Tante: »Sie sind Raffaëla?«

»Ja.«

»Steigen Sie ein. Und ihr, ihr lasst sie in Ruhe! Ich glaube, ihr habt mir da einen Bären aufgebunden! Wenn es Sie nicht stört, holen wir Germaine ab und gehen dann zu mir.«

»Gut, fahren wir.«

Auf dem Rückweg reden wir Klartext.

Die Tante: »Ich habe der Staatsanwaltschaft einen Brief

geschrieben, Mademoiselle, weil die anderen gesagt haben, Sie würden Germaine zwingen, Pornofilme zu drehen und Drogen zu nehmen. Ich hatte Angst, deshalb habe ich das getan.«

»Germaine dreht keine Filme, und ich selbst nehme auch keine Drogen. Der Rest ist meine Sache, das geht nur mich etwas an. Ich gehe seit einigen Monaten mit Germaine, sie hängt sich an mich, nicht umgekehrt. Sie hat mir gesagt, dass sie herzkrank ist und bald sterben muss, dass sie innerhalb von einem Jahr operiert werden muss und dass sie das nicht überlebt. Ich habe versprochen, sie nicht zu verlassen, denn nach allem, was sie sagt, kümmert sich ihre eigene Familie einen Dreck um sie, alle wollen sie nur los sein. Ihr Onkel missbraucht sie, seit sie klein ist, alle würden es wissen, aber keiner würde etwas tun. Sie tut mir Leid, das ist alles.«

»Was soll das heißen, ›die Familie kümmert sich einen Dreck‹? Machst du Witze, Germaine?«

Germaine sagt kein Wort, sie weint. Diese Komödie hat meines Erachtens schon zu lange gedauert. Die Tante bietet uns an, bei ihr zu schlafen. Wir essen in einem Lokal. Morgen will die Tante ihre Anzeige zurückziehen. Sie findet mich nett. Ich rufe vom Lokal aus zu Hause an. Ich will nicht, dass Marie sich Sorgen macht, und erkläre ihr alles. Sie sagt, ich soll auf der Hut sein, Germaine sei meine Feindin, nicht meine Freundin. Ich sage ihr, sie soll nicht übertreiben. Sie lacht. Ich fahre allein nach Paris zurück. Die Tante ist lustig und lebenserfahren. Jedenfalls hat sie einen guten Eindruck auf mich gemacht. Ich rede mit Marie. Wir sehen unsere Wohnung an. Schade, dass wir ausziehen müssen, aber ich denke an Maries Martyrium. Das Verhältnis zu Manu wird immer schlechter. Er hat sich ein Fleischermesser gekauft, um es mit mir aufzunehmen. Wenn er sich so aufführt, muss er wirklich Angst vor mir haben. Ich finde das klasse!

Wir haben seit langem kein Angebot mehr. Ich habe mich etwas zurückgezogen. Ich habe genügend Geld auf der Seite, um zwei Monate nicht arbeiten zu müssen. Ich habe keine Lust mehr, mich bumsen zu lassen, es stört mich mehr und mehr. Es ist ein psychisches Problem, denn die Penetration selbst tut ja nicht weh, nur das ganze Drumherum macht mich fertig. Ich mag Mädchen sehr gerne, und dass ich mich auf dem Set von Männern vögeln lassen muss, straft meine eigentlichen Gefühle Lügen. Am Morgen steht man auf, schiebt sich zum x-ten Mal die Pumpe in den Hintern und spült den Darm. Das macht man so lange, bis man ganz sauber ist. Und außerdem tut es weh. Jedes Mal sehe ich mich dabei im Spiegel an. Komisch – ich krümme mich, dass das Ding reingeht. Ich spritze mir das Wasser rein und renne mit brennendem Bauch zum Bidet. Danach muss ich mich eine Stunde lang ins Bett legen, damit der Schmerz vergeht. In meinem Bauch rumort es, keine Stellung ist gut. Ich drehe mich in alle Richtungen, aber nichts lindert den Schmerz. Dann geht man zum Set, man lutscht und windet sich. Zum Aufgeilen wird man als Schlampe und was weiß ich nicht alles beschimpft. Nichts lohnt eine solche Qual, nicht einmal das Geld, das man dabei verdient. Den ganzen Tag lang spielt man den anderen etwas vor. »Weißt du, das letzte Mal kam ein Superartikel über mich im *Hot Vidéo*, aber die Arschlöcher von *Connexion* haben mich verrissen, als sei ich ein Stück Dreck.« Das Schlimmste ist, dass man wirklich ein Stück Dreck ist und dass man sich darüber lustig macht. Die Pseudo-Stars kommen auf die Bühne – man tut so, als würde man daran glauben.

Germaines Tante ruft an. Wir können bei ihr wohnen, solange wir nichts haben. Ich spreche mit Marie, sie ist einverstanden, widerwillig allerdings, denn sie hat wenig Hoffnung, dass wir bald etwas finden. Wir packen unsere Sachen, das Abenteuer geht weiter und unser Leben auch. »Aber da ist natürlich ein Haken«, sagt Marie. »Bei der Tante zu wohnen, ist okay, aber da ist auch Germaine.« Könnte ich sie ertragen? Ich wohne für ein paar Tage dort, aber ich suche weiterhin eine andere Bleibe.

Nach einiger Zeit zeigt der Brief an die Staatsanwaltschaft Wirkung. Ich werde vorgeladen. Doch ich bin bei der Arbeit am Cap d'Agde und kann nicht erscheinen. Ich glaube kaum, dass ich wegen diesem Unsinn meinen Job hinschmeißen muss. Ich rufe an und sage, dass ich in der Woche darauf vorbeikomme.

»Es liegt in Ihrem eigenen Interesse, der Vorladung zu folgen, ansonsten kommen wir und holen Sie am Drehort ab.«

»Meinen Sie, das macht mir Angst? Und überhaupt, woher haben Sie denn die Telefonnummer von hier?«

»Wir sind nicht umsonst die Polizei.«

Wir sind also am Cap d'Agde, einer FKK-Anlage, wo abends am Strand Sex-Partys gefeiert werden und wo es ungern gesehen wird, wenn man angezogen ist. Dort sind auch deutsche Touristen, die auf allen vieren von ihren Frauen an der Leine geführt werden.

Marie ist gekommen, sie hat ihren neuen Freund dabei. Er geht mir auf die Nerven. Ich schreibe ihn in den Wind. Angeblich hat er Geld, wahrscheinlich hält er sich deshalb für etwas Besseres.

»Hör mal gut zu – wir haben eindeutig nicht dieselben Werte«, sage ich spöttisch. »Du hast zu Hause eine Lampe für 12 000 Eier, ich habe eine Halogenlampe mit Fernbedienung. Kannst du mir sagen, was sich das gibt? Für mich zählt nicht, dass man Kohle hat und nicht weiß, was man damit anfangen soll, sondern dass ich mir leisten kann, was mir gefällt, und meinen Freunden schenken kann, was ihnen gefällt. Am besten, wir gehen uns aus dem Weg, damit es keine Probleme zwischen uns gibt.«

Marie bricht in Gelächter aus. »Ich habe dich gewarnt! Wenn du mit Raffaëla sprichst, musst du aufpassen, was du sagst. Sie ist nicht von der gleichen Welt wie du. Mit deiner Kohle kannst du bestimmt Leute beeindrucken, aber nicht alle!«

Ich gehe. Er sagt nichts. Er ist verdutzt. Marie meint, dass ihm noch nie jemand ins Gesicht gesagt hat, dass er ein Arschloch ist. Aber für alles gibt es ein erstes Mal. Am Nachmittag drehen wir auf einem Boot. Kaum haben wir abgelegt, werde ich schon seekrank. Ich kann nicht arbeiten. Marie springt ein, sie dreht die Szene ganz allein. Sie schiebt sich die Dildos vorn und hinten rein. Und sie schreit immer lauter: »Ficken am Cap d'Agde ist geil!«

Der Boss: »Ja, Marie, tu's! Lass dich gehen. Was macht dich geil?«

»Ficken am Cap d'Agde.«

Nach der Szene überlässt der Bootsführer uns das Steuer. Wir wechseln uns ab und haben einen Riesenspaß. Wie beim Wasserskifahren flitzen wir mit Karacho über die Wellen. Der Fotograf ist an der Reihe. Er gibt so viel Gas, dass das Boot fast kentert. Wir kriegen solche Angst zu ersaufen, dass wir nur noch an Land wollen.

Am nächsten Tag geht es zurück nach Paris. An unserem letzten Abend am Cap treffen wir Géraldine in einem Swinger-Club zum Shooting. Ihr Bruder ist Designer, er leiht uns Dessous. Wenn ich sie trage, kommt er damit in die entsprechenden Zeitschriften. In diesem Club gibt es Käfige; ich schließe mich ein, damit die Leute mir nicht zu nahe kommen und mich berühren. Die Nacht verbringe ich mit Marie bei ihrem Freund. Er will, dass Marie zu ihm ins Zimmer kommt. Sie will nicht, sie liegt betrunken in meinem Bett und schläft schon halb. Am Morgen sage ich ihr, dass sie Mist gebaut hat. So ein Betragen kann niemand dulden, angefangen bei mir. Ich sage, sie soll aufpassen, dass er sie nicht einfach hier sitzen lässt. Nicht, dass ich ihn mag, aber er hätte Recht. Sie meint, das könne sie schon wieder hinbiegen. Wir verabschieden uns. Die beiden gehen nach St. Tropez.

In Paris rufe ich bei der Sitte an. Wir verabreden uns für den Nachmittag um 14 Uhr 30 an der Métro-Station Cité. Der Beamte verspätet sich. Sein Sachbearbeiter hat ihm sicherlich gesagt, dass er sich nicht beeilen muss, weil ich eh nicht komme. Aber – ich bin da.

Erste Frage: »Drehen Sie Pornofilme?«

»Ja. Und?«

»Nichts und. Wenn Sie geleugnet hätten, hätte ich Ihnen diese Kassette vorgespielt.«

»Ich habe keinen Grund zu leugnen. Aber weswegen bin ich eigentlich vorgeladen?«

»Bei der Staatsanwaltschaft ist ein Schreiben eingegangen, in dem Sie beschuldigt werden, ein Mädchen zum Drehen von solchen Filmen gezwungen zu haben.«

»Ach ja? Und jetzt?«

»Sie machen Ihre Aussage, und der Fall ist erledigt. Meiner Meinung nach stimmen die Anschuldigungen nicht. Und wie man Sie beschrieben hat, stimmt auch in nichts mit dem überein, was ich vor mir sehe. Fangen wir an, es geht schnell.«

»Gut.«

»Kennen Sie Mademoiselle B.?«

»Ja, ich bin mit ihr gegangen.«

»Sie sind mit ihr gegangen? Heißt das, Sie waren ein Paar?«

»Ja.«

»Gut, entschuldigen Sie, darüber war ich nicht informiert.«

»Macht nichts.«

»Kennen Sie Momo, den Geliebten von Mademoiselle B.?«

»Ja, ich kenne ihn. Soweit ich weiß, ist er nicht ihr Geliebter. Die ganzen Probleme fingen an, als ich ihn aus meiner Wohnung geworfen habe.«

»Sie haben Mademoiselle B. also nicht in die Branche gebracht?«

»Ich denke, sie ist alt genug, um das selbst hinzukriegen. Sie hat bei mir gewohnt. Ich arbeite oft im Ausland, und wenn jemand bei mir angerufen hat, konnte sie die entsprechenden Kontakte auch selbst herstellen. Dieses Mädchen hat ein großes Problem: Sie hält sich für mich. Sie ist also ganz allein reingerutscht, und ich weiß nicht, wie ich es hätte verhindern können.«

»Nun, besagter Momo ist also nicht ihr Geliebter? Ich frage noch mal nach, weil es hier so dargestellt wird.«

»Ich weiß jedenfalls nichts davon. Sie hat mir gesagt, dass sie seit ihrer Kindheit mit ihm befreundet ist. Der Rest ist mir egal. Dass ich mit ihr gegangen bin, war ein Fehler, aber es ist der einzige Fehler, den ich gemacht habe. Für mich ist die Sache vorbei. Wenn sie nun mit Momo zusammen ist – umso besser. Ich will sie nur los sein, das ist mein größter Wunsch.«

Das Thema ist erledigt. Wir reden über das Milieu, wie

er es nennt. Er erzählt mir, wie er Madame Claude kürzlich festgenommen hat. Wir verabschieden uns mit Handschlag.

Als ich zurückkomme, fragt Germaine, wie es gewesen sei. Ich sage, dass ich sie vor dem Beamten als ein Stück Dreck hingestellt hätte. Das scheint sie nicht sonderlich zu berühren.

David ruft an. Er hat ein Angebot. Einem Produzenten aus Toulouse fehlt eine Szene für seinen ersten Film, und dafür will er mich. Wir treffen uns im Publicis an den Champs-Élysées. Ich erzähle von meinem Busen – nur deswegen nehmen sie mich. Wir verständigen uns auf die Gage und verabreden uns für den nächsten Tag zum Drehen bei David. Er freut sich, dass ich mitmache, er hätte kein anderes Mädchen bei sich gewollt. Offenbar hat er Achtung vor mir. Schön! Auch ich habe Achtung vor ihm. Beim Drehen lerne ich einen Redakteur von *Hot Vidéo* kennen, Scott Beaumont. Er sieht gut aus. Er meint, es sei das erste Mal, dass er so eine Freundschaft zwischen den Darstellern erlebt, und er würde sich keine Sekunde lang langweilen. Ich sage ihm, dass alle Mädchen auf den *Hot d'Or* aus seien, aber ich nicht. Ich mag einfach David sehr gern, und David mag mich. Es bringt lediglich Geld. Scott lächelt. Der Produzent sagt, dass er in einem Monat einen anderen Film dreht und mich gerne dabeihaben will. Er wird mich anrufen.

Ich treffe mich mit Marie, wie immer kaufen wir Klamotten. Ein Freund ruft an; er hat gehört, dass ich eine Wohnung suche, und hat etwas für mich: ein Häuschen in Neuilly-Plaisance im 93. Département. Wir verabreden uns für den nächsten Tag. Ich gehe nach Hause, nie in meinem Leben war ich glücklicher. Germaine hat nicht erwartet, dass ich so schnell wieder weg sein könnte, und vor allem ohne sie. Nichts hält mich bei ihr, ich habe sogar ein anderes Mädchen getroffen. Das Vögelchen fliegt weg. Marie ist auch glücklich – wir haben ein Haus, ganz für uns allein. Auf diesen Moment haben wir lange gewartet. Ich esse mit meinem Kumpel, er zeigt mir das Haus und gibt mir die Schlüssel. Am liebsten würde ich gleich umziehen, aber erst muss ich noch eine Woche in Italien drehen. Ich sortiere meine Sachen aus, packe die Koffer und bringe schon das eine oder andere ins neue Haus. Germaine macht Stress. Sie versteckt meine Sachen und will mich hindern zu gehen. Es hat keinen Sinn mehr, nett sein zu wollen, es ist Zeit, dass ich mein Leben selbst in die Hand nehme. Immer lasse ich mich von anderen gängeln. Als sei ich nur auf der Welt, um anderen einen Gefallen zu tun und niemals etwas für mich. Ich explodiere und schmiere ihr eine. Ich hätte stärker zuschlagen sollen. Sie fällt aufs Sofa. Habe ich sie bewusstlos geschlagen? Ich könnte sie umbringen, so sehr hasse ich sie. Ich packe sie am Hals und drücke. Sie läuft rot an. Ich habe Angst, aber ich habe keine Lust mehr, das Unglück der anderen auszubaden. Als sie fast erstickt, lasse ich los. Ich schwöre ihr, dass ich sie ohne zu zögern umbringe, wenn sie mich nicht in Ruhe lässt. Ich nehme ein paar Sachen und gehe in mein neues Haus. Germaine weint. Ich habe Mitleid mit ihr, aber ich mache nicht kehrt. Wegen meinem restlichen Zeug telefoniere ich mit ihrer Tante.

Ich verbringe die erste Nacht in meinem neuen Zuhause. Ich hatte ganz vergessen, wie toll es ist, allein zu sein und niemandem Rechenschaft ablegen zu müssen. Ich bin gut gelaunt, ich fühle mich wie neugeboren. Ich spreche laut, ohne dass jemand meine Worte beurteilt oder deutet. Ich bin total aufgeregt – aufgegeilt. Marie kommt mitten in der Nacht. Ich schlafe nicht, ich freue mich an dem Glück, von dem ich immer geträumt habe. Wir trinken die ganze Nacht, wir singen und schreien zu brüllend lauter Musik. Arme Nachbarn! Am Morgen gehen wir zum Bäcker und kaufen Croissants. Marie glaubt, sie träumt – normalerweise esse ich morgens nichts. Wir leben in einem richtigen Kuhkaff, es gibt eine Tabakbar, einen Metzger, einen Bäcker und einen kleinen Krämerladen. Ich bin voll drauf. Ich mache einen Abstecher zum Metzger, kaufe Paté und Steaks, besorge ein paar Flaschen Wein und Nachtisch. Ich koste mein Alleinsein in vollen Zügen aus. In zwei Tagen muss ich fahren, aber es geht mir so gut! Ich bereite meine Abreise vor. Marie begleitet mich zum Zug. Zum ersten Mal würde ich gerne zu Hause bleiben.

In Italien lerne ich Dalila kennen, eine angesehene Darstellerin. Sie hat braune Haut und schöne große Brüste, und es steht ihr ins Gesicht geschrieben, dass sie furchtbar nett ist – kurz, sie hat alles, was mir gefällt. Sie ist verheiratet. Seit ich sie zum ersten Mal gesehen habe, habe ich schreckliche Lust auf sie. Ihr Mann ist in der Bar, ich spreche ihn an und mache ihm einen direkten Vorschlag. Er findet das klasse, er fragt, wann. Von mir aus gleich! Ich schlage vor, so bald als möglich. Wer nicht wagt, der nicht gewinnt!

Er lacht. Ich spendiere ihm ein Glas. Er spricht mit seiner Frau, sie ist einverstanden. Ich bin froh. Mit ihrem Busen könnte sie einen Toten aufwecken …

Doch erst muss ich eine Szene drehen. Allein der Gedanke, dass ich bald mit ihr vögeln werde, macht mich zugänglich, ich würde mit jedem bumsen. Ich stelle mir vor, wie ich ihre Äpfel knete, knabbere und lutsche. Dann gleite ich langsam abwärts, massiere sie mit den Händen, mit der Zunge. Ich bin so erregt, dass ich mich in der Szene gehen lasse. Meine Partnerin hat keinerlei Ähnlichkeit mit Dalila, aber ich stelle mir vor, sie wäre es. Das Mädchen denkt, sie sei gemeint. Wenn man den Ruf hat, frigide zu sein, ist es schon komisch, wenn man stöhnt. Ich will sie nicht kränken, auch wenn sie mit meinem Orgasmus nichts zu tun hat. Wenn ich mich gerieben hätte, wäre ich genauso gekommen. In der Szene gibt es auch einen Mann, aber der Arme kriegt keinen hoch. Das Mädchen muss ihn ewig lutschen, bis er in ihren Mund kommt. Auch ich werde gefragt, ob mir einer ins Gesicht spritzen darf. Ich lehne ab. Diese Frage kommt immer häufiger. Typisch Mann. Einmal, es war auch in Italien, wurde ich am Ende einer Szene, als mein Partner kurz davor war zu kommen, damit überrascht, dass die Kamera auf mein Gesicht schwenkte – und da kam er! Ich war völlig genervt. Seitdem dürfen das bei mir ausschließlich Partner machen, die ich lange kenne. Philippe Soine, David Perry, Richie. Bei anderen Darstellern bin ich vorsichtig und misstrauisch, denn ich kenne ihre sexuelle Vergangenheit nicht. Nach der Szene fühle ich bei Dalilas Mann vor – wir treffen uns am Abend in ihrem Zimmer. Im Kreis aller Darsteller essen wir zu Abend. Dalila kommt an meinen Tisch, sie nimmt meine Hand und führt sie an den Mund. Das ist schön. Sie ist zärtlich, das mag ich. Sie flüstert mir ins Ohr, was ich denn mit ihr machen wolle. »Nur Schönes«, sage ich. Wir lachen. Nach dem Essen habe ich noch eine halbe Stunde Zeit. Ich gehe auf mein Zimmer, dusche und parfümiere mich und freue mich darauf, Dalila zu lieben. Nur – was soll ich anziehen? Ich probiere verschiedene Sachen an, auch Strapse, aber nichts gefällt mir. Ich finde mich hässlich. Ich bin es ihr schuldig, ansprechend zu sein. Ich denke nach. Schließlich begnüge ich mich mit dem

Einfachsten und schlinge nur ein Handtuch um. Ich gehe über den Flur zum Aufzug. Die Leute sehen mich praktisch nackt, aber das ist mir egal. Ich habe eine Idee im Kopf, und nichts bringt mich davon ab. Ich klopfe an ihre Tür. Sie empfängt mich nackt, gibt mir die Hand und führt mich ins Zimmer. Plötzlich überkommt mich eine Schüchternheit, die ich nicht überwinden kann. Ich stammle etwas, das ich selbst nicht verstehe. Sie umarmt mich, das Handtuch fällt aufs Bett. Ich darf nicht versagen, nicht bei einer so schönen Frau! Ich nehme mich zusammen.

»Trinken wir was?«

»Willst du wirklich?«

»Nein.«

»Also, dann komm!«

Ich nehme ihr Gesicht in meine Hände und küsse sie, ich spüre, wie mir die Tränen kommen. Ich empfinde wirklich etwas für sie. Normalerweise bin ich nicht so, ich benehme mich Mädchen gegenüber wie ein Mann, ich will nur sagen können, dass ich sie gehabt habe. Bei Dalila aber ist das anders. Sie will, dass ich es ihr mache. Ich muss also die Zügel in die Hand nehmen. Ich fühle mich ganz klein vor ihr. Ich strenge mich an, ich streichle sie. Es gefällt ihr, sagt sie. Noch nie hat jemand sie so gut behandelt. Meine Zunge kommt ins Spiel. Ich habe Angst, dass ich sie gar nicht mehr richtig gebrauchen kann. Sie führt mich. Sie packt meine Haare, spielt mit meinem Kopf. Das erregt mich so, dass ich sie im Nu zum Orgasmus bringe. Ich drücke meine Möse auf ihre und reibe mich hemmungslos zum Höhepunkt. Es ist wunderbar! Das ist der Beweis, dass man die Grenzen sprengen kann, wenn man mit dem Herzen bei der Sache ist. Wir liegen Arm in Arm auf dem Bett. Gerne würde ich bei ihr schlafen, nur um ihre Wärme zu spüren. Aber ich bin vernünftig, wir sind zum Arbeiten hier. Wenn das Schicksal will, dass wir uns wieder sehen, wird es auch so sein. Sie begleitet mich zu meinem Zimmer und macht mir ein Geschenk. Ich küsse sie ein letztes Mal. »Das hat noch niemand für mich getan, wir sehen uns wieder.« Das sind ihre letzten Worte, dann wünscht sie mir eine gute Nacht.

Es ist 5 Uhr morgens, in drei Stunden muss ich aufstehen, aber ich habe keine Lust zu schlafen, ich möchte an die vergangene Nacht denken. Ich habe Glück, am Morgen erfahre ich, dass meine Szene auf 16 Uhr verlegt wurde, so kann ich noch ein wenig schlafen.

Als ich aufwache, kann ich nur an eine Sache denken: Ich möchte Dalila auch ein Geschenk machen. Nach der Arbeit gehe ich in die Stadt. Ich muss eine Szene in einem Pool drehen, unter Wasser. Überall sind Kabel, es sieht gefährlich aus. Natürlich muss ich die Szene drehen! Drei Mädchen unter Wasser, wir spielen, wir umarmen uns, dann der Schock! Aus irgendwelchen Gründen wird der Pool abgedeckt. Die beiden anderen Mädchen sind schon aus dem Wasser gestiegen, ich hatte nicht die nötige Zeit. Ich bin unter Wasser, niemand hilft mir. Diese Scheißkerle weigern sich, die Kabel rauszuziehen! Wenn ich im Wasser bleibe, ertrinke ich, wenn ich rausgehe, bekomme ich einen Schlag. Ein schreckliches Dilemma, in beiden Fällen riskiere ich meinen Hals. Ich rege mich nicht, ich bin wie gelähmt. Mir kommt es vor, als sei ich ziemlich lange unter Wasser. Ich habe keine Luft mehr. Niemand tut was, allen ist es egal, sie sind ja nicht an meiner Stelle! Nach einigem Zögern tauche ich auf, ich habe Todesangst, aber ich steige trotzdem aus dem Pool. Nichts passiert. Ich komme wieder zu mir.

Im Off: »Wir machen es noch mal.«

Ich: »Ich mache es deiner Mutter noch mal, du Sackgesicht. Ich hätte verrecken können, und alles, was dir einfällt, ist: ›Wir machen es noch mal‹!«

»*Sono qua per lavorare, Raffaëla, è – come si dice?* – Berufsrisiko.«

»Weißt du was? Dein ›Berufsrisiko‹ kannst du dir in den Arsch schieben. Ich hau ab. Ich bin auf meinem Zimmer. In spätestens einer Stunde will ich meine Kohle, klar?«

»Non, si puó, devo lavorare.«

»Fick dich! In einer Stunde, dass das klar ist! *Ciao,* du Arschloch.«

Ein Mädchen: »Ich hatte eine Scheißangst um dich. Geht's?«

»Lass mich in Ruhe, ich will jetzt nicht reden.«

Die Leute sind echt krass drauf. Man kann verrecken, und für sie zählt nur, dass die Szene klappt. Wenn mir jemand geholfen hätte, hätte ich weitergemacht, aber so … Sollen sie doch eine andere verarschen!

Im Zimmer klingelt das Telefon. Der Regisseur.

»Raffaëla, entschuldige. Aber wir hatten auch Angst.«

»Und was hättet ihr getan, wenn ich gestorben wäre? Ihr hättet meine Leiche irgendwohin gekarrt, mich nie gesehen, mich nicht gekannt.«

»Nein, *carina*, die Leute sind gestresst, sie müssen sich beweisen.«

»Auf Kosten anderer! Treib es nicht zu weit – du weißt, dass du nicht mit einer Anfängerin redest! Auch für mich steht der Film an erster Stelle, aber wie willst du einen Film machen, wenn deine Darsteller in Lebensgefahr sind?«

»Gut, komm zu mir. Wir reden darüber.«

»Ich packe und reise ab, wie ich gesagt habe. Du hast noch vierzig Minuten, mir mein Geld zu bringen.«

»Und wenn ich es dir nicht gebe?«

»Soll es die Polizei regeln?«

»Das tust du mir nicht wirklich an, Raffaëla!«

»Du gehst mir am Arsch vorbei. Du weißt, wie ich bin.«

»Ich komme zu dir, wir reden.«

»Mach dir nicht die Mühe! Es sei denn, du kommst mit dem Geld. Und tschüss, ich packe jetzt meine Koffer!«

Dieser Typ hält mich wohl für eine dumme Gans! Ich muss noch ein Geschenk für Dalila kaufen. Ein Parfum erscheint mir passend. Ich rufe ein Taxi zum *aeroporto*. Da klopft es. Der Regisseur lässt nicht locker. Ich schicke ihn zum Teufel. Wichtig ist nur, dass ich den Vertrag unterschreibe, das Geld – und *ciao!*

Ich nehme meinen Koffer und gehe gleich. In einer Parfümerie kaufe ich *Paris*. Im Café an der Ecke treffe ich meine Bekannten. Ich gebe Dalila das Päckchen. Sie weiß nicht, was es ist, aber sie drückt mich ganz fest und bietet mir an, auf ihrem Schoß zu sitzen. Diese Frau ist einfach klasse! Ich setze mich. Sie ist traurig, dass ich schon gehe. Wir tauschen unsere Telefonnummern aus. Wenn sie in Paris ist, ruft sie an. Trotz allem hat dieser Film mir etwas Wichtiges gebracht: Dalila. Bevor ich gehe, gibt sie mir vor allen Leuten einen Zungenkuss. Das gefällt mir. Ein toller Abschied. Das Taxi ist da. Zurück nach Paris.

Ich bin froh, wieder in meinem kleinen Häuschen und bei meiner kleinen Marie zu sein. Ich erzähle ihr von meinen Abenteuern. Sie findet es richtig, dass ich gegangen bin, jeder hätte das gemacht. Während ich weg war, hat sie nicht viel unternommen, sie ist nicht mal ausgegangen. Das ist gar nicht ihre Art. Ist sie krank? Dalila hat mir ein Poster mit Widmung geschenkt, ich hänge es gegenüber von meinem Bett auf. Richie ruft an. Morgen fährt er zum Drehen nach Portugal. Es fehlt noch ein Mädchen, und er hat mich vorgeschlagen. Ich soll den Regisseur anrufen. Ich treffe ihn morgen im Les Trois Obus an der Porte de Saint-Cloud, wie immer vor der Abfahrt. Marie stinkt es, dass ich andauernd wegmuss. Was kann ich dafür, dass die Leute meine Arbeit gut finden? Ich bin immer pünktlich und halte mich an die Absprachen. Sie wünscht mir alles Gute. Ich mache mir Sorgen. Hat sie überhaupt Geld? Sie hat schon lange nicht mehr gearbeitet. Wovon will sie leben? Ich gebe ihr Kohle, damit sie etwas zu essen hat, solange ich weg bin. Sie bedankt sich, sie hätte sich nicht getraut, mich darum zu bitten. Ich bin wie eine große Schwester, ich muss auf sie aufpassen. Sie hat ein Haus, sie hat etwas zu essen, sie soll ausgehen und Sachen kaufen, die ihr Freude machen. Wenn ich gehe, will ich sicher sein, dass es ihr an nichts fehlt. Sie sagt, sie weiß nicht, was sie ohne mich machen soll. Wir essen schön zu Abend, mein Koffer ist schon gepackt, ich muss nur noch ein paar Stunden schlafen. Soweit ich verstanden habe, fahren wir mit dem Wagen. In einem Hotel bei Perpignan übernachten wir. Dort wird ein Paar zu uns stoßen, dann fahren wir durch bis Portugal. Wir kommen wohlbehalten an. Die portugiesische Produzentin hat uns für den Abend eingeladen, sie will uns ihre Darsteller vorstellen. Es ist ein sehr schöner Abend. Am Morgen dusche ich ausgiebig, ich bin immer sehr gewissenhaft, was die Hygiene angeht. Ein Mädchen, das heute Morgen angekommen ist, klopft an. Sie flucht herum. Ich reagiere nicht, ich lasse mir nur noch mehr Zeit und zeige ihr, dass sie mich mal kann. Nach einer Stunde lasse ich mich schließlich dazu herab, die Tür zu öffnen. Sie wartet immer noch und wirft mir einen tödlichen Blick zu.

»Du könntest auf die anderen Rücksicht nehmen!«

»Wenn du mich freundlich gebeten hättest, wäre ich gleich rausgekommen. Doch so lasse ich nicht mit mir reden. Tschüss!«

Ich gehe wieder in mein Zimmer. Für wen hält sie sich? Ich erkundige mich bei den anderen.

»Wer ist dieses Mädchen?«

»Kennst du sie nicht? Jade. Sie ist auf der Titelseite von *Hot Vidéo*. Sie wird bald ein Star!«

»Ach ja? Nun, den Star soll sie woanders spielen. Wer kommt mit mir frühstücken?«

Jade spricht mich an: »Entschuldige wegen vorher. Ich habe ein Problem mit der Blase, normalerweise darf ich den Harn nicht zurückhalten.«

»Kein Problem. Ich heiße Raffaëla. Freut mich, dich kennen zu lernen. Kommst du mit frühstücken?«

»Ja.«

Eigentlich ist sie sehr nett. Wir gehen in die Bar nebenan. Der Wirtin erklären wir, dass wir keine Escudos haben, dass wir aber hier arbeiten und die Rechnung bezahlt wird. Die Dame ist zuvorkommend. Sie hat ein paar Jahre lang in Lyon gelebt und weiß, dass es nicht einfach ist, sich im Ausland zurechtzufinden. Wir schlingen das Essen hinunter, solch einen Hunger haben wir. Es ist außerdem schon Mittag vorbei. Wir fragen uns, wann wir mit Drehen anfangen; der Regisseur scheint noch zu schlafen. Was tun wir solange? Der Produzent kommt, er findet uns in der Bar. Wir sollten essen, Kräfte sammeln, also geben wir eine weitere Bestellung auf. Er will noch ein paar Dinge mit dem Regisseur besprechen. Offenbar möchte das portugiesische Fernsehen ein Interview mit uns machen. Der Film scheint hier ein Riesenereignis zu sein. Soweit ich verstanden habe, ist es der erste Porno, der in diesem Land gedreht wird. Der Produzent wünscht uns einen guten Appetit, im Gehen dankt er uns noch, weil wir gestern die jungen Männer aus dem Viertel, die mit uns drehen sollen, so herzlich aufgenommen haben. Wir stopfen uns voll, als hätten wir seit Jahren nichts gegessen! Ein schönes Leben hier! Und das Meer ist gleich um die Ecke. Was will man mehr?

Es wird Zeit zum Arbeiten. Die jungen Portugiesen haben Probleme. Schon bei der ersten Szene kriegt keiner einen hoch. Nacheinander verdrücken sie sich. Das wird für uns kein Sonntagsspaziergang. Die Darstellerin ist sehr geduldig. Sie haben Glück. Ich hätte sie nicht drei Stunden lang im Wind gelutscht. Der Regisseur regt sich auf. An so einen unnötigen Zeitverlust sind wir normalerweise auch nicht gewöhnt. Er macht Pause, die Szene soll damit zu Ende sein. Die nächste Szene spielen Jade und Richie. Ich lege mich währenddessen an den Strand und bereite mich innerlich auf meine Szene vor. Auch ich muss mit einem Portugiesen drehen. Ich bin auf dem Dach eines Hauses und dusche (!), ein Mann kommt, das Übliche passiert. Offenbar bin ich ein Glückspilz, der Mann kriegt es gut hin, obwohl ich Bammel hatte, dass er es nicht schafft. Danach Essen und Schlafen.

Mitten in der Nacht wachen wir auf. Stéphane, der Fotograf von *Hot Vidéo*, schreit herum. Wir denken, er schlägt sich mit Scott. Wir gehen rüber, der Fotograf brüllt wie wild. Er steht im Bett und verflucht seinen Chef, aber zu unserer Überraschung hat er die Augen zu – er schlafwandelt. Scott jammert, er hat Angst, zumindest habe ich den Eindruck, denn es gibt nicht viel Licht im Zimmer. Er fragt schüchtern, ob er bei mir schlafen kann. Ich habe ein großes Bett, und ich bin allein. Gut. Stéphane hat in dieser Nacht noch weitere Anfälle. Alle sind besorgt. Wenn er einen von uns für seinen Chef hält, könnte er ihn womöglich töten.

Am Morgen werden wir nur schwerlich wach. Aber es muss sein, wir haben schließlich etwas zu tun. Der Regisseur kommt. Es gibt ein Problem: Die Portugiesen wollen nicht mehr arbeiten, sie wollen im Film auch nicht vorkommen, aber sie wollen Geld für ihre Szenen! Das heißt, wir haben für nichts und wieder nichts geschuftet. Wir waren mehr oder weniger gezwungen, mit Leuten zu arbeiten, die wir nicht kannten, und mit ihrer Unfähigkeit umzugehen – und all das für nichts! So etwas kann ich nicht ausstehen. Der Produzent will nun andere Männer besorgen, die sich weniger blöd anstellen. Das gefällt uns ganz und gar nicht. Ich habe keine Lust, mich noch einmal vögeln zu lassen. Der Regisseur will lieber einen französischen Darsteller kommen lassen. Wir suchen alle einen, den wir mögen. Richie schlägt Philippe Soine vor. Ich bin auch dafür, ich mag ihn gern, er ist irgendwie zärtlich, und er hat den Darstellerinnen immer großen Respekt entgegengebracht. Außerdem könnten wir auch von früher plaudern. Der Herr mit dem Spitzbart ist einer der Ersten, mit dem ich gedreht habe. Er hat Zeit, er kommt. Vorbei mit den katastrophalen Drehbedingungen.

Kurz vor Mittag sitzen wir schon in der kleinen Bar nebenan und schlagen uns den Bauch mit Hühnchen voll. Philippe ist in spätestens zwei Stunden hier. Dann können wir endlich richtig arbeiten und müssen nicht mehr nur widerwillig die Szenen durchziehen. Am Nachmittag fahren wir mit dem Boot irgendwo raus zum Drehen. Bei der Rückkehr bekomme ich Streit mit Richie: Er hatte kein Handtuch, also habe ich ihm meines gegeben, und als ich es von ihm wiederhaben wollte, hat er es vor allen Leuten auf den Boden gepfeffert und gesagt, ich soll es aufheben. Ich kriege einen mächtigen Hals. Ich bin doch kein Hund, und schon gar nicht sein Hund! Er lacht nur eingebildet.

Ich: »Du hebst dieses Handtuch selber auf und gibst es mir in die Hand.«

Er bläst sich weiter auf, das nervt mich. Ich würde ihm am liebsten eine in die Fresse hauen. Ich drohe ihm.

»Du hast zwei Sekunden – wenn ich das Handtuch nicht bekomme, kannst du dein blaues Wunder erleben.«

Er wird schon kleiner. Er hebt das Handtuch auf und wirft es mir zu. Ich fange es auf und sage: »Eines garantiere ich dir: Freunde sind wir gewesen! Und glaub ja nicht, dass ich noch mal mit dir arbeite.«

Er, immer noch mit seinem saublöden Lächeln: »Warum bist du denn so zickig?«

»Verpiss dich bloß!«

Ich werfe ihm einen hasserfüllten Blick zu. Für wen hält er sich? Glaubt er, dass ich eifersüchtig bin und alles für ihn tue, nur weil er etwas mit Jade hat? Da hat er sich aber geschnitten! Es stimmt, dass ich gerne mit ihm arbeite, er ist zärtlich, aber er ist ganz bestimmt nicht der ideale Partner für mich. In dieser Branche glauben die Typen, was man bei der Arbeit sagt, sei eine Einladung für die Nacht, nur weil man es beim Drehen glauben muss. Ich bin eine treue Seele, deshalb arbeite ich auch oft mit den gleichen Leuten, aber das heißt noch lange nicht, dass ich verliebt bin. Dass ich nicht nur so tue, als hätte ich Lust, hilft mir lediglich, die Szenen aufzubauen. Wenn sie wüssten, dass ich beim Vögeln immer an jemand anderen denke, würden sie nicht so große Töne spucken. Die letzte Szene des Tages spielt in einer Disco oder eher in einem Sex-Club. Es soll anal werden. Ich habe meinen Hintern nicht vorbereitet und frage Philippe: »He, Schatz, tust du mir einen Gefallen?«

»Was kann ich für dich tun?«

»Ich will bei der Szene keine böse Überraschung erleben. Kannst du mit mir aufs Klo gehen, um dich zu vergewissern, dass ich keine ungebetenen Gäste im Hintern habe?«

Er lacht schallend. Nichts würde er lieber tun, sagt er. Also gehen wir auf die Toilette. Stéphanie, eine Kollegin, bittet ihn auch darum.

»Wisst ihr, Mädchen, was mich in der Branche so wundert? Mir passieren oft solche Dinge, und dabei bin ich ganz bestimmt nicht der Schönste!«

»Du bist liebenswert und hast Charme, Philippe.«

Ich stütze mich aufs Waschbecken und bin bereit für sein Glied. Schon beim ersten Mal geht es rein, er bewegt sich ein paar Mal und zieht es dann aus. Nichts. Ich bin zufrieden. Ich küsse ihn zum Dank.

Als er auch bei Stéphanie fertig ist, sagt er: »Wenn ich noch was für euch tun kann, müsst ihr es nur sagen – ich bin euer Mann!«

Richie hat die ganze Sache beobachtet und sagt zu mir: »Schämst du dich nicht? Ich dachte eigentlich, du würdest mich darum bitten, nicht ihn. Aber glaub ja nicht, dass ich eifersüchtig bin! Wenn dir Ältere gefallen, ist das dein gutes Recht. Ich finde es jedenfalls toll, wie du mir dafür dankst, dass ich dich hierher gebracht habe!«

»Mir gefallen Männer, die andere respektieren. Und was diesen Film hier angeht, so wäre ich lieber zu Hause geblieben. Unsere Freundschaft ist nämlich jetzt kaputt. Aber ein Gutes hat es ja: Immerhin weiß ich jetzt, was du für ein Mensch bist.«

Der Regisseur: »Seid ihr so weit? Wir müssen anfangen. Ich erkläre euch die Szene. Ihr feiert, die Mädchen tanzen für die Jungs, sie ziehen sich aus, dann sind die Jungs dran. Okay?«

Niemand widerspricht. Die Musik setzt ein, alle spielen. Richie will mich packen. Ich meide ihn wie der Teufel. Ich gehe direkt auf Philippe zu, mit ihm will ich arbeiten. Richie versucht es noch ein paar Mal, aber es klappt nicht. Der Regisseur will, dass ich Richie einen blase, aber ich tue so, als hätte ich nichts gehört, und mache mit Philippe weiter. Ich kann der Sache nur entkommen, wenn ich mich bumsen lasse. Also besteige ich Philippe. Der Regisseur bittet den Kameramann, uns zu filmen. Ich schiele zu Richie hinüber, ich weiß, dass ich ihn auf die Palme bringe. Philippe lässt Jade los, mit der er gerade etwas gemacht hat, und schiebt mir seinen Schwanz rein. Seit wann ist er der Regisseur? Bei solchen Szenen und mit solchen Regisseuren, richtigen »Pseudoprofis«, macht jeder, was er will.

Der Regisseur lässt anhalten: »Nein, lasst das. Die Szene ist gut so.«

Richie: »Willst du nicht, dass sie mich lutscht, während er sie fickt? Das wäre eine bessere Einstellung.«

»Nein, nein, ich brauche ihr Gesicht, man sieht, dass sie nicht nur so tut. Kümmere dich um Jade.«

Er setzt sich wieder. Der Regisseur macht den beiden ein Zeichen, dass sie dran sind. Ich freue mich, dass er vor allen eins aufs Dach gekriegt hat. Philippe sagt, er will nun zu Stef gehen. Wir küssen uns, er geht zu ihr. Richie sieht mich ohne Typ und lässt Jade los.

Der Regisseur: »Scheiße, Richie! Wir hatten dich gerade voll im Bild. Geh wieder auf deinen Platz! Eure Geschichten könnt ihr später austragen. Hier wird jetzt gearbeitet!«

Mir tut er fast Leid. Was muss er sich nicht alles gefallen lassen, nur wegen eines Handtuchs! Da kommt Philippe zurück, aber Richie kam ihm zuvor. Ich kann mich nicht mehr entziehen, die Kamera ist voll auf uns gerichtet.

»Siehst du, jetzt habe ich dich doch gekriegt.«

»Ja. Aber um welchen Preis?«

Er macht Philippe ein Zeichen, dass er kommen soll. Er packt meinen Arsch. Ich mag nicht, was sich da ohne meine Zustimmung abspielt, aber die Kamera läuft, ich kann nichts sagen. Ich kann verhindern, dass er eindringt. Aber wie, nachdem er so nett zu mir war? Die beiden spritzen gleichzeitig. Ende der Szene, Sieg für Richie.

Jade hat dieses Spielchen überhaupt nicht gefallen. Sie kommt zu mir. »Was ist denn zwischen euch beiden los?«

Ich sage nichts.

Sie fügt hinzu: »Mir leuchtet einfach nicht ein, dass mein Kerl hinter dir herläuft. Wenn die Arbeit es erfordert – gut. Aber nicht so. Hast du was mit ihm?«

»Wenn du ein Problem hast, musst du das mit ihm regeln, nicht mit mir. Und ich habe nichts mit ihm, so viel steht fest. Morgen wird das bestimmt nicht wieder passieren.«

»Dann bin ich beruhigt. Ich muss jetzt meine Szene fertig drehen.«

Ich gehe mich waschen. Richie hockt in einer Ecke und lächelt dümmlich. In der Nacht hat der Fotograf wieder geschlafwandelt. Wir haben Bammel und können nicht schlafen. Das ist nicht gut für die Arbeit. Der Produzent hat nicht genügend Bargeld, um uns korrekt zu bezahlen, aber er will den Rest mit Schecks begleichen. Er ist sehr zufrieden mit dem Film, und insgesamt hatten wir eine gute Woche.

Marie hat ihr Studium wieder aufgenommen. Zivilrecht. Ich habe schon wieder ein neues Angebot. Hamburg. Es läuft. Man kennt mich, man ruft mich an, die »Mundpropaganda« besorgt den Rest. Marie ist auch eingeladen. Das freut mich, dann bin ich nicht die einzige Französin dort. Wir fahren mit dem Kameramann. Am Abend vor der Abreise macht mir Marie eine Szene, sie will nicht mehr mitkommen. Ich schließe sie ein, damit sie zur Abfahrtszeit auch da ist. Wie geplant gehen wir zum Kameramann. Er bietet uns Kaffee an und schnauzt los: »Ich bin von Anfang an offen mit euch: Wir fahren mit dem Wagen – und zwar ohne Dope!«

»Sag mal, für wen hältst du uns? So ein Zeug nehmen wir nicht.«

»Nimm's nicht krumm, Raffa, ich will nur nicht, dass es Probleme gibt.«

»Meinst du, wir sind süchtig?«

»Nein, nein. Vergesst es!«

»Nein! Was sollen diese Anspielungen?«

Wir fahren. Um 20 Uhr werden wir zum Abendessen im Hamburg erwartet. Wir sind im selben Zimmer. Um 9 Uhr sollen wir fertig sein. Wir sehen kein Problem. Scheinbar ist der Film superwichtig: fünf Regie-Teams, sieben Maskenbildner, dreißig Darsteller und ein dickes Budget. Es ist ein Film der Wolfgang Brother Production. Marie und ich sind die Einzigen, die scherzen und Musik hören, alle anderen laufen mit Grabesmiene herum. Als hätte man sie gezwungen, hier zu sein. Durch unsere gute

Laune sind wir bald beliebt. Die deutschen und ungarischen Darsteller wollen nur mit uns arbeiten. Das ist lustig. Sie sprechen einen Mischmasch aus Englisch und Deutsch, aber wir verstehen uns problemlos. Sex ist eben die Sprache der Welt. Am meisten stört mich, dass einige Mädchen eifersüchtig sind, sie wünschen uns zum Teufel. Eine hat sogar herausgefunden, dass unser Ruf wohl begründet ist: »Die Französinnen sind alle Huren.« Marie und ich steigen gar nicht darauf ein. Unser Schweigen ist unsere größte Stärke. Der Regisseur beobachtet uns. Er weiß, dass wir sehr gut verstanden haben, was sie gesagt hat, und er sieht, dass uns das nicht kratzt. Wir bekommen nämlich mehr Szenen und folglich auch mehr Geld. Das nervt die Mädchen umso mehr. Wir machen uns einen Spaß daraus. Marie wollte ein Mädchen näher kennen lernen, aber es hat nicht geklappt. Sie haben einfach keinen Humor.

Dann gibt es plötzlich ein Problem mit der Hautfarbe. Ein Darsteller sagt zum Regisseur, dass er Marie nicht anfassen will. Sie hat gleich begriffen. Das tut ihr weh, das sieht man in ihren Augen. Marie ist bescheiden, sie sagt nichts. Ich an ihrer Stelle hätte ihm eine gelangt, aber sie will kein Theater machen.

Der Regisseur nimmt den Typ zur Seite. »Nimm deine Sachen und verschwinde. Seit wann dürfen solche Scheißer wie du sagen, wo's langgeht?«

Er entschuldigt sich. Er arbeitet zum ersten Mal mit einer Person einer anderen Hautfarbe, das stört ihn angeblich. Der Regisseur verlangt, dass er sich öffentlich bei Marie entschuldigt, was er auch tut. Die Szene wird wiederholt. Daraufhin schwört dieses Arschgesicht total auf Marie, und das Mädchen, mit dem er lieber gearbeitet hätte, ist in seinen Augen nichts als eine Null. Er beachtet sie kaum noch. So hat Marie eine weitere Feindin. Aber auch das ist Berufsrisiko, und außerdem sind wir nicht hier, um Freundinnen zu finden. Marie bekommt noch eine andere Szene, die ziemlich gefährlich aussieht. Auf einem See in einem Boot. Komisch – wieder mal nur Franzosen an Bord, die Technik-Crew bleibt am Kai. Die Szene spielt mitten auf dem Wasser. Der Haken: Das Boot ist leck. Keiner hatte darauf geachtet.

»Hilfe, wir ertrinken! Alles ist voller Wasser!«, schreit Marie.

Ein Deutscher: »Ha ha ha! Titanic, Titanic! Ha ha ha!«

Dieses blöde Schwein findet das auch noch lustig. Keiner will nass werden. Marie springt ins Wasser und schwimmt ans Ufer. Ihr Partner rührt sich nicht, er will wohl lieber ertrinken. Als Marie am Kai ist, brüllt sie: »Unser Leben zählt wohl gar nichts! Die Szene könnt ihr ohne mich drehen!«

Es ist das erste Mal, dass ich sie so erlebe. Normalerweise ist sie die Kleine, die nicht auffällt. Ihr Partner merkt, dass ihm niemand zu Hilfe kommt, und springt auch ins Wasser. Ich bin echt froh, dass mir das nicht passiert ist, ich wäre ersoffen. Keiner traut sich, Marie zu widersprechen.

Nur noch ein Drehtag. Der Regisseur will, dass wir länger bleiben. Ich hätte Lust, aber morgen Abend drehe ich mit Big Boss, und dass ich ihn versetze, kommt nicht in Frage. Zum Schluss machen wir noch ein Shooting: Marie und ich werden als Freiheitsstatuen auf die Platte gebannt. Das ist witzig, hat aber mit dem, was wir sind, herzlich wenig zu tun. Gegen 3 Uhr sind wir fertig, und bis ins Hotel sind es noch 100 Kilometer. Wir haben gerade noch Zeit, zu packen und zum Zug zu eilen. Als es um die Gage geht, erinnern wir den Produzenten an die zusätzlichen

Szenen, die wir gedreht haben. Er zahlt bereitwillig. Der Regisseur ist nicht da, aber er ruft seine Sekretärin an und lässt uns ausrichten, dass er gerne mit uns gearbeitet hat und dass wir wiederkommen sollen. Ich finde es immer schön, wenn ich einen guten Eindruck hinterlassen kann. Im Zug ruft Maries Lover an. Seit einer Woche hat sie sich nicht mehr bei ihm gemeldet, er ist stinksauer. Sie nervt ihn noch mehr und sagt ihm, dass sie allein nach Holland gefahren sei. Was für ein Unsinn! Da kommen gerade die Zöllner. Sie warten, bis Marie das Gespräch beendet hat, dann klopfen sie an.

»Guten Tag, Mesdemoiselles, französischer Zoll. Ihre Ausweise bitte.«

Ich verstehe nicht.

»Gibt es ein Problem?«

»Woher kommen Sie?«

»Aus Hamburg. Warum?«

»Die junge Dame hat gerade gesagt, Sie kämen aus Holland. Was rauchen Sie?«

»Shit. Sieht man das nicht?« Ich zeige ihnen meine Zigarette. Meine Aufsässigkeit gefällt ihnen nicht besonders.

»Was haben Sie in Hamburg gemacht?«

Marie: »Wir haben Ferien gemacht, nun fängt das Semester wieder an«, ich gleichzeitig: »Wir haben einen Film gedreht ...«

»Sie sollten sich schon entscheiden, meine Damen. Können wir Ihre Koffer sehen?«

Sie durchsuchen zuerst Maries Koffer und finden eine Menge Geld.

»Was ist das?«

Ich: »Geld. Sieht man das nicht?«

Er zu seinem Kollegen: »Das Geld wird beschlagnahmt.«

Ich bin absolut genervt.

»Sie beschlagnahmen hier gar nichts! Seit wann ist es verboten, Knete bei sich zu haben? Soll ich Ihnen mal was sagen? Wir haben einen Porno gedreht, und dieses Geld ist angemeldet.«

»Ihr Koffer, Mademoiselle!«

Ich schnappe meine Reisetasche und leere sie vor ihren Füßen aus.

»Sind Sie nun zufrieden?«

»Was sind das für Fotos?«

»Sieht man das nicht? Marie und ich nackt!«

»Wenn wir Sie mitnehmen, holen Ihre Eltern Sie dann ab?«

»Das kommt gar nicht in Frage! Es ist nicht illegal, mit dem Zug zu fahren, auch nicht für Pornodarstellerinnen! Gehen Sie und nerven Sie die Leute, die 15 Kilo Shit mit sich herumschleppen!«

»Gut, dieses Mal drücken wir noch ein Auge zu. Aber Vorsicht! Das nächste Mal sind wir nicht mehr so nett!«

»Nicht mehr so nett? Für wen halten Sie sich? Falls wir eines Tages wieder mit dem Zug fahren und noch mal auf Sie treffen sollten – wo ist das Problem?«

Sie verlassen den Waggon.

Marie hat große Angst. Nach langem Schweigen sagt sie: »Stell dir vor, sie hätten all mein Geld genommen! Dann hätte ich mich für nichts und wieder nichts eine Woche lang in den Arsch ficken lassen müssen!«

Ich lache schallend.

Wir kommen an der Gare de l'Est an, dort trennen wir uns. Ich rufe Big Boss an und sage ihm, dass ich da bin. Er erwartet mich auf dem Set, in einer halben Stunde bin ich dort. Sie sind beim Essen, als ich komme. Ich bin so müde, dass ich gleich einschlafe. Mein Schlaf ist leicht, ich höre die Leute reden. »Komisch, dass sie gleich einschläft! So kennen wir sie gar nicht.« Big Boss sagt: »Sie arbeitet zu viel, sie ist völlig am Ende, ich hoffe, sie hat sich bis morgen wieder erholt.« Er bittet seinen Assistenten, mich ins Hotel zu bringen.

Am nächsten Morgen stehe ich als Erste auf. Ich kann es gar nicht erwarten, dass wir abdrehen und ich mich zu Hause richtig ausruhen kann. Komischerweise fehlt mir das L'Entr'Acte, ich muss dringend hin, aber ich muss noch vier Tage drehen. Und ein bisschen Panik schiebe ich auch, weil so viele neue Leute da sind und ich so viel Geld bei mir habe.

Ich drehe die erste Szene. Die Handys sind natürlich alle ausgeschaltet. Als ich meines wieder anmache, habe ich eine Nachricht von Germaine. Ich lösche sie, ohne sie abzuhören. Nach der Szene klingelt mein Handy, ich nehme ab, der Anrufer legt auf. Das wiederholt sich zwei Stunden lang. Ich weiß, dass es Germaine ist. Sie hat nicht einmal den Mumm, mit mir persönlich zu sprechen. Soll sie sich doch zum Teufel scheren! Am Nachmittag kommt Jade. Wir freuen uns über das Wiedersehen und erzählen uns Anekdoten von der Arbeit. Ich bin froh, dass sie mit mir in Toulouse dreht. Vielleicht werden wir gute Freundinnen! Dann geht das wieder mit dem Handy los. Mir platzt der Kragen, ich schreie Germaine an, dass sie sich verpissen soll. Das gefällt ihr gar nicht, auf einmal bricht sie das Schweigen. Ich sage ihr, sie soll zum Teufel gehen, denn wenn ich ihr noch mal begegne, mache ich sie kalt. Sie fängt an, mich zu beschimpfen.

Jade nimmt das Handy: »Hör mal, du kleines Miststück, lass sie in Ruhe! Du gehst hier einem Mädchen auf den Geist, das verdammt viele Freunde hat, und die würden alles für sie tun. Willst du dich etwa mit den Leuten vom Milieu anlegen? Pass bloß auf, dass man deine Leiche nicht in der Seine findet! Raffa und ich werden dann auf deinem Grab Freudentänze vollführen. Und jetzt verpiss dich, du blöde Fotze!«

Jade legt auf. Das hat mir gefallen! Ich gebe ihr einen Kuss. Big Boss hat gesehen, dass ich wütend bin, und bringt mir ein Glas Wein. Ich soll trinken, damit ich wieder ein wenig Farbe ins Gesicht bekomme. Ich bin ganz weiß.

»Kleines, lass dich bloß von diesem Stück Scheiße nicht unterkriegen! Aber du bist ja selber schuld! Wie oft habe ich dir gesagt, dass du für dieses Leben nicht geschaffen bist! Lesben sind der Abschaum! Hier – da sind genügend Mädchen. Such dir eine aus, ich schenk sie dir, und lass die Finger von den anderen Weibern. Trink jetzt und mach dich fertig, du bist dran.«

Er umarmt mich. Zum Ausgleich darf ich mit dem Dildogürtel drei Torten vernaschen. Die Szene ist nicht besonders leicht, aber ich komme wieder auf andere Gedanken, und das ist gut so. Nach der Szene sagt mir die Maskenbildnerin, dass Germaine schon wieder angerufen hat, die Maske hat ihr gesagt, dass sie sich verwählt hätte und dass es nett wäre, wenn sie nicht wieder anriefe. Es klingelte aber dauernd weiter, und deshalb hat sie mein Handy abgeschaltet. Ich mache es wieder an. Eine Nachricht. Wieder Germaine.

Ich rufe sie an, ich bin stocksauer. »Weißt du was? Ich vögle mit 15 000 Lesben, ich lecke ihnen die Möse aus, das mögen sie! Und außerdem habe ich eine neue Loverin. Ich kann deine Transenfresse nicht mehr sehen! Wenn ich dir also einen Rat geben soll: Bleib mir vom Leib, oder du kannst was erleben! Und du setzt nicht nur deinen Kopf aufs Spiel – vergiss nicht, dass ich die Adressen von deinen Verwandten habe!«

Ich lasse ihr keine Zeit zu antworten und lege auf.

Jade rät mir, die Nummer zu ändern, doch der Anschluss läuft auf ihre Tante, und wenn ich die Nummer ändere, bekommt die Tante die Bestätigung, und Germaine wird es erfahren. Und wenn ich einen Vertrag mit einem Anbieter machen und meine alte Nummer streichen lasse, kann mich niemand mehr erreichen. Ein Dilemma.

Ich trinke ein Glas nach dem anderen, eine Flasche nach der anderen. Ich habe mich nicht mehr unter Kontrolle. Ich muss mich zusammenreißen, sonst bekomme ich es mit Big Boss zu tun. So ein Theater kann er nicht durchgehen lassen.

Ich habe beim Drehen noch nie Probleme gemacht, unter anderem bin ich auch deshalb beliebt. Und es gibt keinen Grund, warum sich das nun ändern sollte. Ich schalte also mein Handy aus und höre irgendwann die Nachrichten ab. Wenn es sich lohnt, rufe ich zurück.

Wir können ziemlich schnell abdrehen, und ich habe eine Woche Zeit, um mich auszuruhen, bevor ich nach Toulouse fahre. Mitte der Woche ruft mich ein Kumpel an. Ein Spanier will mit mir arbeiten, will aber bei mir zu Hause drehen, um Geld zu sparen. Ich sage zu. Sie kommen morgen um 17 Uhr. Ich gebe Marie Bescheid und sage ihr auch, dass es mir lieber wäre, wenn sie nicht da ist. Das findet sie komisch. Sie ist es gewöhnt, mich nackt zu sehen, sie war auch schon dabei, wenn ich gearbeitet habe, aber bei mir zu Hause ist das anders. Und es ist eine Premiere, denn bislang war es auch in meinem Privatleben ausgeschlossen, dass sich jemand, und ich als Erste, bei mir zu Hause sexuell betätigt. Mein Haus ist ein sauberer, reiner Ort, es ist mein Heiligtum und mein friedlicher Hafen. Aber ich muss zugeben, dass ich mich tödlich langweile, wenn ich nicht arbeite.

Von Olivier, dem spanischen Regisseur, habe ich schon mal ein Foto gesehen. Ich finde ihn schön. Wir beide werden sicherlich Freunde. Aber er kommt erst mal zu spät, das ist schon ein Minuspunkt für ihn, und dann will er auch noch, dass ich zu Anfang der Szene nuttig gekleidet durch die Straße schlendere! Er träumt wohl! Ich wohne hier, kommt gar nicht in Frage, dass ich mich da draußen zur Schau stelle! Er begreift nicht, wo das Problem liegt.

»Hör mal, Olivier, es war offenbar keine gute Idee, dich einzuladen. Wir hören auf.«

»Wieso? Was ist denn?«

»Wir sind hier nicht in Spanien. Ich wohne hier, die Leute kennen mich, und ich will nicht, dass sie wissen, womit ich mein Geld verdiene.«

»Das hatte ich nicht bedacht. Keine Sorge, wir machen etwas anderes. Okay?«

»Kommt drauf an, was das ›andere‹ ist.«

»Wir bleiben hier drin. Besser?«

»Ja, gut. Dann verlieren wir jetzt keine Zeit und fangen an. Ich habe auch noch etwas anderes zu tun, und da du zu spät gekommen bist, bin ich jetzt auch spät dran.«

In knapp einer Stunde hat er die Szene, er ist zufrieden.

Ich sei wirklich ein Gewinn, sagt er. Er will mich nach Spanien holen, ich könne dort viel Geld verdienen, meint er. Ich bin nicht interessiert und lehne dankend ab.

Germaine ruft ständig an. Es ist unerträglich. Ich verabrede mich mit ihr am Châtelet. Ich muss ihr ein für alle Mal klar machen, dass endgültig Schluss ist und sie nichts mehr von mir zu erwarten hat. Sie muss sich damit abfinden.

Marie hat eine Freundin gefunden. Morgane. Die ganze Zeit lungert sie bei ihr herum. Nach dem, was Marie erzählt, ist sie ein nettes Mädchen. Sie will, dass ich sie kennen lerne. Gut, aber später. Morgen fahre ich nach Toulouse. Marie hat die Nase voll, weil ich so viel reise. Sie rutscht immer mehr ab. Ich kann nichts dagegen machen. Irgendwann muss man sich am Riemen reißen; das hat sie begriffen. Sie sagt, sie will versuchen, selbst aus der Scheiße rauszukommen, und sie will sich eine Arbeit suchen, damit sie ihr Leben selbst finanzieren kann. Ich kann sie nicht mittellos zurücklassen. Eines Tages zahlt sie mir alles zurück, da bin ich mir sicher.

Um 15 Uhr komme ich in Toulouse an. Der Produzent und der Ex-Lover von Jade holen mich ab. Scheinbar verstehen sich Jade und er nicht besonders gut. Der Produzent fürchtet, dass es Schwierigkeiten auf dem Set gibt, zumal die beiden auch noch gemeinsame Szenen haben. Es ist ein Remake von *Le bonheur est dans les prés: La baise est dans les prés.* Sobald die Mannschaft komplett ist, fahren wir zu einem Ferienhaus im Gers. Aber wir haben nicht die richtigen Schlüssel. Was tun? Einer meint, wir sollten ein Fenster einschlagen. Gesagt, getan. Jeder nimmt sich ein Zimmer. Ich will das Zimmer mit dem Fernseher. Pech – das Gerät funktioniert nicht, und ein anderes Zimmer ist nicht mehr frei.

»Und wo soll ich jetzt schlafen?«

Der Produzent: »Ist bei den Mädchen kein Platz mehr?«

»Äh, nein!«

»Dann musst du wohl bei mir schlafen.«

»Machst du Witze? Ernsthaft jetzt – wo soll ich schlafen?«

»Nein, ich mache keine Witze. Es gibt nur noch in meinem Zimmer Platz.«

Ich bin angenervt.

»Und warum soll ich bei dir schlafen? Kann das nicht ein anderes Mädchen tun?«

»Keine Ahnung. Frag sie eben.«

»He, Torten, will eine bei diesem Clown hier schlafen?«

»Spinnst du, Raffa? Wir haben alle unsere Betten.«

Ich sage zu einer: »Du gehst. Du bist verheiratet. Dich rührt er nicht an.«

»Nein, ich liege gut in meinem Bett.«

»Gut, und vielen Dank auch!«

Ich sage zum Produzenten: »Okay, ich schlafe bei dir, aber sieh dich vor, dass du dich von mir fern hältst, Freundchen!«

»Wofür hältst du mich? Für einen Vergewaltiger?«

»Nein, aber ich weiß, was du vorhast. Na ja, vergiss es. Wo ist dein Zimmer? Ich will schlafen.«

»Komm mit!«

Es kotzt mich an. Ich bin es gewöhnt, nackt zu schlafen, und ich mag es so. Nur wegen ihm muss ich mich dick einpacken, um in Ruhe schlafen zu können.

Wie immer stehe ich als Erste auf und mache für alle Frühstück, doch es wird immer später, und keiner kommt. Mir ist sterbenslangweilig. Wann stehen sie endlich auf? Schließlich taucht Soine auf und leistet mir Gesellschaft.

Irgendwann sind alle wach, und wir machen uns an die Arbeit.

Die erste Szene spielen Philippe und ich: Wir vögeln auf einer Wiese zwischen Kühen. Bevor wir anfangen, macht er noch einen Scherz:

»Weißt du was, Raffa? Wir sollten ganz viele Szenen vorbereiten. Wenn dann die Produzenten anrufen, müssen wir sie nur noch verkaufen.«

»Ha, ha. Sehr komisch! Mit deinem kleinen Schwanz?«

»Das ist nicht komisch!«

»Ich mache doch nur Spaß. Aber dein Vorschlag ist gar nicht so dumm. Es wäre schön, wenn wir beide etwas zusammen machen würden.«

»Gut, können wir dann anfangen?«

»Wann du willst.«

»Also los!«

Philippe baut die Szene auf. Ich blase ihm im Auto einen, vor dem Auto bumsen wir. Die Kühe beäugen uns. Je länger wir drehen, desto näher kommen sie. Das verleiht der ganzen Szene eine komische Note. Und als Philippe kommt, muht eine Kuh und übertönt sein Stöhnen. Allgemeines Gelächter. Ein Team von *Hot Vidéo* macht Fotos, sie sind wegen Jade da. Sie wird dieses Jahr bestimmt den *Hot d'Or* bekommen. Das Drehen macht echt Spaß. Alle verstehen sich gut. Ich bin die meiste Zeit blau, seine Laster legt man eben nicht so leicht ab. Jade reist einen Tag früher ab als geplant. Nachdem sie weg ist, schlägt mir der Fotograf vor, ihren Platz einzunehmen. Gut. Ich posiere. Ich bin die Hauptdarstellerin. Das heißt: mehr Gage.

Heute reisen alle ab. Wir sind ein bisschen traurig, dass es so schnell vorbeigegangen ist. Der Produzent nimmt mich mit nach Toulouse und zeigt mir seine Firma. Er erzählt mir von den Veranstaltungen, die er organisiert, und zeigt mir Fotos. Schön! Auf einem Bild fällt mir eine Schwarze auf, sie hat einen Superbusen. Da klopft es an der Tür. Sie ist es. Ich freue mich total, sie kennen zu lernen. Sie ist schön.

»Ich bin Madison.«

»Freut mich. Raffaëla.«

Wie gut würde sie mir tun! Wir küssen uns auf die Wange, dann geht sie wieder. Ich hätte gerne länger mit ihr gesprochen, aber ich war zu schüchtern. Wenn ich schüchtern bin, wirke ich kühl, und wahrscheinlich habe ich einen schlechten Eindruck auf sie gemacht. Der Produzent fährt mich zum Bahnhof, ich muss unbedingt den Zug bekommen. Ich bin mit Big Boss verabredet, er hat Geburtstag, da will ich nicht fehlen.

Zurück in Paris bringe ich nur schnell meine Sachen unter und fahre dann direkt zur Feier. Marie ist auch da. Der Boss bittet uns, ihm zu Ehren etwas Besonderes zu machen. Er will uns zu einer Torte bringen, die wir vernaschen sollen. Er sagt, sie sieht aus wie eine Brigitte Bardot in jungen Jahren. Doch als ich die Fregatte sehe, platze ich heraus: »Die und BB? Die rühr ich sicher nicht an!«

Big Boss lacht. »Ich muss mit ihr arbeiten. Sie hat es noch nie mit Frauen gemacht, und sie will wissen, wie es geht, bevor sie vor der Kamera steht.«

Marie sagt unumwunden zu ihr: »Kann ich deine Möse lecken? Zieh dich bitte aus, ich will dich sehen.«

Ich nehme Marie zur Seite. »Du willst doch nicht wirklich diese alte Kuh vögeln!«

»Doch, es ist zu seinem Geburtstag. Außerdem habe ich Lust. Lass mich!«

»Bist du nicht ganz bei Trott? Alles, was sich an ihr bewegt, fällt ab!«

»Ausgerechnet du musst so was sagen! Wenn man einer Ziege einen Rock anziehen würde, würdest du sie auch noch vögeln!«

»Sehr komisch! Warte nur, bis ich deine Freundin treffe; ich werde es ihr brühwarm erzählen!«

»Mir doch egal! Tu, was du nicht lassen kannst.«

»Na gut, dann stopf sie mal schön, Kleine! Ich werde mich in aller Ruhe hinsetzen.«

Irgendwann ist auch dieser Wahnsinn zu Ende.

Es ist immer noch total schön, nach Hause zu kommen. Mein kleines Häuschen hat mir gefehlt. Ich frage mich, worüber Marie mit mir reden will. Wir sprechen über meine Woche, ich erzähle ihr, dass ich eine superschöne Frau getroffen habe: Madison. Und während ich Marie von ihr erzähle, bereue ich es, dass ich sie nicht angesprochen habe. Es stinkt mir, dass ich so schüchtern bin. Ich habe allerdings die Hoffnung, dass wir uns eines Tages wieder begegnen. Marie sagt, sie hätte während dieser Woche nichts Wichtiges gemacht. Einmal hat sie sich mit ihrer Freundin getroffen. Immer, wenn sie bei ihr anruft, ist jemand da, das findet Marie komisch. Ich habe keine Vorstellung, was dieses Mädchen beruflich macht, aber ich sage zu Marie, dass vielleicht immer Freunde bei ihr sind. Die beiden gehen nur selten aus, Marie kann nicht von ihr verlangen, dass sie wegen ihr alles andere aufgibt. Darüber schlafen wir ein.

Am Morgen fühle ich mich schlapp. Ich will etwas tun, will aber auch wiederum nichts tun. Das Telefon läutet. Es ist HPG, Hervé Pierre Gustave, der einzige Darsteller, der grundsätzlich nur mit Gummi arbeitet. Er fragt, ob ich morgen Abend mit ihm in einem Club drehen will. Marie ist auch eingeladen. Wir sagen beide zu. Ein drittes Mädchen ist auch dabei. Wir verabreden uns, ich lege auf. Ich muss unbedingt meinen Aids-Test machen. Marie soll mitkommen. Mit der Zeit wird mir immer klarer, dass etwas nicht stimmt. Ich versuche herauszufinden, wo es klemmt, und stelle fest, dass ich seit dem Aufwachen keinen Tropfen Alkohol getrunken habe. Das muss sich sofort ändern! Ich schlage Marie vor, etwas trinken zu gehen. In einer Bar am Châtelet leeren wir, ohne zu essen, drei Flaschen Burgunder, der uns vom Kellner empfohlen wurde.

Am nächsten Tag haben wir einen dicken Kopf. Ich habe nicht mal Lust, am Abend arbeiten zu gehen, aber ich finde es nicht gut, wenn ich erst zusage und dann nicht erscheine. Also bleibe ich im Bett, bis ich gehen muss. Um 18 Uhr stehe ich auf, wir haben zweieinhalb Stunden Zeit, uns fertig zu machen. Marie kommt ins Bad und macht einen Einlauf. Wozu macht sie sich das Arschloch sauber?

»Machst du das nicht, Raffa?«

»Glaubst du vielleicht, ich lasse mich in den Arsch ficken? Du träumst wohl!«

»Hm. Wenn du es nicht machst, mache ich es auch nicht.«

»Es ist deine Sache. Mach, was du willst. Wer wohl das dritte Mädchen ist?«

»Keine Ahnung. Lassen wir uns überraschen.«

»Bestimmt so eine Drecksau. Ich wette, sie wird uns anbetteln, sie zu stopfen. Ich nehme den Dildo, ich habe nicht vor, mir den Mund schmutzig zu machen.«

»Das sagst du so! Und wenn es eine Bombe ist?«

»Hast du in Paris schon mal eine Bombe gesehen? HPG hat außerdem gesagt, dass sie Perücke und Maske trägt. Sie ist sicherlich potthässlich!«

»Du bist blöd! Komm, gehen wir.«

»Ja. Aber du weißt, dass wir in einem Club drehen. Da wollen so widerliche Typen immer tatschen. Und ich warne dich, Marie, wenn du dich anfassen lässt, kannst du was erleben!«

»Ich verlass mich auf dich, dass du es nicht so weit kommen lässt.«

»Verlass dich lieber auf dich selbst. Es ist dein Körper, nicht meiner. Wenn einer dich befummelt, schlafe ich nie wieder mit dir im selben Bett. Los, düsen wir, sonst kommen wir zu spät!«

Im Club sind überall Spiegel. Viele Gäste – alle sind jedoch in einem gewissen Alter.

Das andere Mädchen kommt.

»Hast du die hässliche Schüssel gesehen, Marie?«

»Egal. Wenn wir sie vögeln müssen, opfere ich mich eben.«

»Na, dann los! Ich gehe zum Kameramann, und du, du gehst zu deinem Kerl.«

»Naturally, my friend!«

»He, ich verstehe, was du sagst, und außerdem spreche ich Französisch.«

Wir trennen uns lachend. Der Club ist klein. Die Männer sind schon da, sie umringen uns, als wären wir Gegenstände. Ich kann das nicht ausstehen. Sie lächeln uns zu nach dem Motto: Dir werde ich's besorgen!, oder: Die da, die werde ich mir genehmigen! Es ekelt mich an, ich könnte kotzen. Ich gehe mit Marie zum Besitzer. Es ist Zeit, dass wir unsere Nuttenkostüme anziehen. Die Arbeit ruft.

Hervé bittet uns, mit einem Striptease anzufangen und dann zum Vögeln überzugehen. Die Musik können wir uns aussuchen. Ich muss erst mal was trinken. Ich gehe an die Bar und verlange eine Flasche Champagner.

Die Bedienung: »Das macht 600 Francs.«

»Der Typ dort soll bezahlen.«

Ich schnappe die Flasche und verziehe mich. Die Bedienung läuft zum Besitzer und sagt, ich hätte eine Flasche geklaut.

Er kommt lächelnd auf mich zu. »Sie müssen ihr sagen, dass Sie hier arbeiten, sie hat gedacht, Sie hätten die Flasche einfach so genommen.«

»Sehe ich etwa so aus, als sei ich auf einem Gala-Abend?«

»Seid ihr fertig, Mädchen?«

»In einer Viertelstunde, ich muss noch die Flasche leeren.«

Ich bin genervt. Diese alten Säcke – sie glauben wohl alle, sie könnten uns bumsen! Ich bringe mich in Form, und sollte einer mich anrühren, schlage ich ihm eine rein!

Die Musik beginnt. Wir sollen alle zusammen anfangen. Ich kann mich nicht rühren, ich bin wie gelähmt. Aber ich muss auf die Bühne. Ich gebe mir einen Ruck. Die Leute klatschen. Die Show gefällt ihnen.

Als wir nackt sind, kommen sie vorsichtig näher. Und natürlich spüre ich die erste Hand auf mir! Ich drehe mich um – ein alter Bock, älter als mein Vater, lächelt mich dümmlich an. Ich packe diese Hand, die mir Übelkeit verursacht, und verdrehe sie mit aller Kraft. Sein Gesicht ist schmerzverzerrt.

Ich fahre ihn an: »Noch ein Mal – und ich mach dich kalt! Das gilt auch für die Kleine da drüben – wenn du sie anrührst, bist du tot!«

Das spricht sich schnell im Club herum. Hervé kommt.

»Ich bin nicht hier, um mich von diesen alten Schweinen anfassen zu lassen! Du bist unser Partner, nicht die anderen. Du kennst mich gut genug und weißt, dass ich das nicht mitmache. Das gilt auch für Marie, sie wird nichts tun, was ich nicht tue, oder das hier geht schlecht aus!«

»Keine Sorge wegen Marie, ihr Typ ist bei ihr. Arbeiten wir jetzt? Das andere Mädchen soll sich um die Kerle kümmern, ich werde mal nach ihr sehen. Trink solange was. Wenn sie fertig ist, machen du, Marie und ich etwas zusammen.«

Ich gehe wieder an die Bar.

»Ich hätte gern noch eine Flasche Champagner.«

»Entschuldige wegen vorher, ich wusste nicht, dass du hier arbeitest.«

»Macht nichts. Kann ich jetzt die Flasche haben?«

»Ja, ich lade dich ein. Machst du das schon lange?«

»In solchen Clubs? Mitten unter diesen alten Typen, deren Tochter oder Enkelin ich sein könnte? Nein, das mache ich zum ersten Mal.«

»Ich meine die Pornos. Du bist nämlich total süß. Normalerweise sind die Mädchen, die hier drehen, ganz fürchterlich. Du und deine Freundin, ihr seid die ersten hübschen Mädchen, die hier arbeiten. Ich will diese Kerle nicht entschuldigen, aber es ist vielleicht einigermaßen verständlich.«

»Hast du ihre Fressen gesehen? Wenn ich in ihrem Alter wäre, würde ich mich schämen, ein junges Mädchen anzufassen. Das sind doch verkappte Pädos!«

»Normalerweise lassen die Mädchen es zu. Die Typen können ja nicht wissen, dass das bei euch anders ist.«

»Weißt du, was das Beschissene an diesem Beruf ist? Um 100 Francs mehr zu verdienen, machen die Mädchen alles – nicht alle Mädchen natürlich –, und das verzerrt das Bild. Wenn die einen so sind, gehen die Männer natürlich davon aus, dass alle so sind. Aber ich kann mir schlecht vorstellen, dass man so wenig Selbstachtung hat. Dass man sich von den Darstellern vögeln lassen muss, ist schon lästig genug, aber wenn man sich auch noch außerhalb des Jobs von jedem anfassen lassen muss, nimmt es echt überhand. Das widert mich an.«

»Freut mich jedenfalls sehr, dich kennen zu lernen. Wenn ich die Mädchen sonst so höre, wird klar, dass sie nichts im Kopf haben. Für mich haben sie in den Pornofilmen den Kerlen immer nur ihr Loch hingehalten. Es tut gut zu sehen, dass ihr nicht alle gleich seid.«

»In diesem Milieu gibt es vor allem blöde Fotzen. Vielleicht triffst du noch andere.«

»Raffaëla, bist du so weit? Wir sind dran.«

»Komme! Bis dann!«

»Viel Kraft!«

4 Uhr früh. Marie geht zu ihrem Freund, ich lasse mich nach Hause fahren. Ich wasche mich ein Dutzend Mal.

Am nächsten Tag läutet dauernd das Telefon. Erst Marie, dann Big Boss mit einem Angebot. Er ist der Einzige, den ich wirklich mag. Wie kann ich ihm nur die Herzlichkeit zurückgeben, die er mir immer entgegengebracht hat? Selbst wenn ich alle Leute durchgehe, die ich in diesem Leben kennen gelernt habe, ist er wirklich der Einzige, der sich immer um mich gekümmert hat, und zwar von Anfang an.

Der dritte Anruf: »Victor Dunill von *Hot Vidéo.* Ich würde gerne einen Artikel über dich machen, mit Fotos. Es ist so: Marc, der Fotograf, den du aus Toulouse kennst, hat ein Super-Set mit dir aufgenommen. Wir würden dich gern kennen lernen und dich mit den Redakteuren bekannt machen. Würde dir das zusagen?«

»Wann wäre das?«

»Wann du willst. Ich schlage nächsten Freitag vor. Marc wird sich mit dir wegen der Kleidung in Verbindung setzen, ich mache das Interview.«

»Gut, ich warte auf Marcs Anruf. Wiederhören.«

Komisch, dass sich *Hot Vidéo* für mich interessiert. Bis jetzt haben sie mir keinerlei Aufmerksamkeit geschenkt, ich entsprach nicht ihren Vorstellungen von einer kleinen Pornonymphe. Haben sie nicht mehr genügend Mädchen, um ihre Seiten zu füllen? Es ist ein langer Tag, ich langweile mich zu Tode, aber ich bin zu faul auszugehen.

Germaine hat wieder Kontakt mit mir aufgenommen. Ich habe keine Lust, sie zu sehen. Ich musste ihr versprechen, dass ich sie bald anrufe. Als hätte ich nichts anderes zu tun! Egal – heute wird gefaulenzt! Dalila ruft an, sie kommt bald nach Paris und fragt, ob ich sie sehen will. Und ob! Nichts lieber! In Belgien wird für nächsten Monat ein Festival vorbereitet, ich bin nominiert. Dalila wird auch da sein. Ich höre mich um, wer von meinen Bekannten interessiert ist, damit ich dort nicht ganz allein bin.

Marie kommt doch nach Hause.

»Ich dachte, du schläfst bei ihm.«

»Ich hab's mir anders überlegt. Ich hab das Gefühl, du hast was gegen mich. Hab ich irgendwas verbockt?«

»Hör auf zu trinken, ich habe nichts gesagt.«

»Du hast die ganze Zeit auf mich geschimpft, und ich weiß nicht, warum.«

»Ich habe nicht auf dich geschimpft, aber ich bin sauer.«

»Was habe ich denn gemacht?«

»Habe ich gesagt, dass ich auf dich sauer bin?«

»Also, wo klemmt's?«

»Bei mir. Vergiss es, es hat nichts mit dir zu tun. Mein Gewissen macht mir zu schaffen.«

»Willst du darüber reden?«

»Nein. Das heißt ... *Hot Vidéo* hat angerufen, sie wollen einen Artikel über mich bringen.«

»Und? Machst du's?«

»Ich habe zugesagt, aber ich bin mir selbst nicht sicher. Ich weiß nur, dass ich nach Belgien zum Festival fahre. Ich bin offenbar nominiert. Aber deswegen gehe ich nicht hin – Dalila ist dort.«

»Alte Sau!«

»Warum?«

»Ich weiß, woher der Wind weht! Du gehst nur hin, um zu vögeln.«

»Ha ha! Willst du mitkommen?«

»Nein, das interessiert mich nicht. Mein Typ will sich in die USA verziehen, er hat mich gefragt, ob ich mitkomme.«

»Und?«

»Hm, ich glaube schon, dass ich gehe. In Paris hält mich nichts.«

»Danke, dass ich ›nichts‹ bin, nun weiß ich, wie viel ich dir wert bin!«

»Das wollte ich damit nicht sagen, ich meinte, ›nichts‹ in Bezug auf die Arbeit.«

»Und meinst du, dort drüben wirst du mehr arbeiten?«

»Vielleicht finde ich dort was Besseres als hier. Wir vögeln hier doch nur, um unser Brot zu verdienen. Er aber ist im Immobiliengeschäft. Das ist eine ganz andere Welt. Ich fange wieder an zu studieren, und vielleicht wird ja noch mal was aus mir.«

»Danke auch, dass du mir in Erinnerung rufst, dass ich nur eine Hure bin! Deine Worte treffen wirklich mitten ins Herz. Danke.«

»Jetzt nimm's doch nicht krumm, Raffa, ich rede doch nicht von dir. Stört dich das Leben denn nicht, das wir führen? Wir wissen doch heute nicht, ob wir morgen noch davon leben können. Und dann die Krankheiten und all das, was in irgendeiner Weise mit der Branche zu tun hat.«

»Zum Beispiel?«

»Raffa, wir machen das jetzt drei Jahre. Und leben wir besser als früher? Wir haben dort nur Freunde, weil wir sie einladen oder weil wir im selben Boot sitzen. Meine Familie will nichts mehr mit mir zu tun haben, weil unser

Film auf Canal + ausgestrahlt wurde und alle uns gesehen haben.«

»Als du zugesagt hast, den Film zu drehen, hast du gewusst, dass er im Fernsehen kommt, das stand im Vertrag.«

»Ich behaupte ja auch nicht das Gegenteil. Außerdem gehe ich nicht sofort, vorher lege ich noch ein bisschen Geld für das Ticket auf die Seite, und ich werde mich auch nicht gleich in den Staaten niederlassen. Wenn wir uns nicht verstehen, komme ich *illico presto* wieder hierher zurück.«

»*Illico presto* wohin? Dein Kerl hat dir einen Floh ins Ohr gesetzt, und du, du stürzt dich darauf. Und wenn es nicht klappt, schickt er dich wieder nach Hause zu deiner Mutter. Mich aber kannst du dann abhaken, ich bin nämlich nicht dein Lückenbüßer!«

»Ich hätte nicht gedacht, dass du so reagierst. Ich habe geglaubt, dass du dich für mich freust, wenn ich die Chance habe, mein Leben zu ändern.«

»Es geht nicht darum, ob ich mich freue oder nicht. Als du nichts zu fressen hattest, war ich für dich da. Nun hast du einen gedeckten Tisch gefunden, streckst die Beine aus, und ich soll mich für dich freuen! Du hast mich in null Komma nichts abgeschrieben!«

»Ich habe dich nicht abgeschrieben. Wir sind doch Schwestern, nichts kann uns auseinander bringen. Selbst als Kind konnte ich auf niemanden so zählen wie auf dich. Wenn ich gehe, heißt das noch lange nicht, dass ich dich vergesse.«

»Leb dein Leben, Marie, und lass mich in Ruhe. Ich gehe schlafen.«

»Raffa, bitte ...«

»Gute Nacht.«

Ich kann nicht schlafen. Sie geht, und ich bleibe allein zurück. Ich verfluche den Tag, an dem Hervé mich gebeten hat, sie mitzubringen. Nur wegen ihm ist alles passiert. Nun, ich muss mich damit abfinden. Sie ist für mich gestorben, sie existiert nicht mehr. Ich weine. Ich sehe wieder die Momente unseres gemeinsamen Lebens vor mir. Es ist unvergesslich. Unsere Besäufnisse, unsere Tränen, unser Lachen, unsere Maloche. Ich kann nicht glauben, dass sie all das wegwirft, nur für einen Schwanz. Ich bin ihr nicht böse – ich hasse sie! Ich habe ihr nichts mehr zu sagen. Sie ist da, aber ich tu so, als gebe es sie nicht. So nach dem Sprichwort: Jeder für sich und Gott für uns alle. Das werde ich von nun an wortwörtlich befolgen. Zuallererst soll sie mir die Schlüssel zurückgeben und abhauen. Ihre Abreise wäre weniger schlimm für mich, wenn wir uns nicht sehen würden. Doch trotz all dem Hass, der in mir sitzt, bringe ich es nicht über mich, die Schlüssel zurückzufordern. Sie ist meine kleine Schwester, ich liebe sie. Wie soll ich ohne sie leben? Wir sprechen nicht mehr miteinander. Das Eis, der Eisberg, den ich zwischen uns aufgebaut habe, muss brechen. Sie will ihr Leben ändern, und sie hat Recht. Warum sollte ich ihr böse sein? Für mich ist es ja auch hart, morgens aufzustehen und zur Arbeit zu gehen. Früher hat mich das Geld motiviert. Was ist es nun? Gewohnheit? Angst vor Mangel? Welcher Mangel? Ich habe doch alles, was ich brauche. Gut, ich bin allein, aber es gibt Schlimmeres im Leben. Manche Leute müssen auf der Straße schlafen, ich habe ein Dach über dem Kopf. Aber wenn ich aufhöre zu arbeiten, werde ich vereinsamen. Mit wem soll ich reden, mit wem soll ich ausgehen, wenn Marie weg ist? Aber ich muss sie gehen lassen, ich habe keine Wahl, und das gefällt mir nicht. Marie ist für mich wie eine Schwester. Wenn ich die Bilanz meines Lebens ziehe, stelle ich fest, dass ich außer ihr nichts und niemanden habe. Wir beide gehören zusammen. Ich muss mit ihr reden.

»Marie, ich kann verstehen, dass dich dieses Leben ankotzt, und ich kann auch akzeptieren, dass du gehst. Doch erwarte nie von mir, dass ich mich mit diesem Kerl anfreunde. Er soll wissen, dass ich seine Todfeindin bin. Und er soll sich unterstehen, dich zu verletzen, denn ich werde immer hinter dir stehen. Komm, gib mir einen Kuss!«

»Danke, Raffa.«

Wir fallen uns weinend in die Arme.

Nach einer Weile beschließen wir, noch ein bisschen auszugehen. Wir fahren zum Châtelet. Dort gibt es eine Bar für Mädchen, Le Mytilène Bar. Ich trinke einen Pastis, Marie kippt ein paar Gläser Bier. Eines Tages werde ich das auch probieren, alle um mich herum trinken Bier.

Die Bar ist sehr klein, man lernt schnell Leute kennen. Wir reden, bis der Laden zumacht, und tauschen Telefonnummern aus; ganz normal. Morgen kommen wir wieder.

Wie verabredet ruft Big Boss an: In zwei Tagen fahren wir. Ich gehe mit Marc für das Shooting am Freitag einkaufen, ich soll Rotkäppchen mimen. Er nimmt seine Arbeit sehr ernst, das ist erfreulich. In der Branche sind Leute selten, die ihren Job gern machen.

Am Freitag treffen wir uns in Montreuil. Die Vorbereitungen sind zeitaufwändig. Am Mittag fragt jemand, ob ich Lust auf Pizza hätte.

»Nein, ich hätte lieber zwei große Hamburger von Quick.«

»Gut, wir besorgen dir welche.«

Dunill kommt und stellt sich vor. Er ist der böse Wolf in der Geschichte. Hoffentlich dauert es nicht zu lange, denn am Abend bin ich mit Big Boss zum Drehen verabredet. Dunill wohnt ganz in der Nähe und bietet mir an, mich hinzufahren. Wir gehen noch zu ihm und machen das Interview, zuvor hat die Zeit nicht gereicht. Er macht eine Flasche Wein auf und wärmt mir zwei amerikanische Chili-Buns in der Mikrowelle auf. Während ich esse, macht er das Interview. Ich erzähle von mir. Wie bin ich in die Branche gekommen? Wer sind meine Helden im Leben, im Film? Mein Lieblingssänger? Als ich sage: »Melanie Brown von den Spice Girls«, überzieht sich sein Gesicht mit einem Lächeln. Auch wenn dieser Mann groß und stark ist, so ist und bleibt er doch ein kleiner Junge. Das ist lustig. Er wirkt sehr sensibel. Solche Menschen sind heutzutage selten. Er fragt, was mir bei Männern und was mir bei Frauen gefällt. Ich mag gut angezogene Männer und Dreiteiler. Er kommt auf meine Homosexualität zu sprechen. Er stellt seine Fragen so behutsam, dass es mich ausnahmsweise nicht stört, darüber zu reden. Normalerweise finden die Leute das unmoralisch, man kommt sich fast lästig vor. Aber bei ihm geht alles, es gibt kein Tabu. Er fragt mich, was mich am meisten ankotzt. Ich denke eine Weile nach und sage: Der Staat in seiner ganzen Pracht. Jene, die den Armen nie nach oben helfen, sondern eher Leute aus dem 16. Arrondissement unterstützen. Und vor allem die Heuchelei, die überall herrscht. So nach dem Motto: Prostitution ist illegal, aber die Nutten sollen ja nicht vergessen, ihre Steuern zu zahlen.

Nach dem Gespräch bringt er mich in das Hotel, wo ich vor ein paar Stunden verabredet war. Ende nächster Woche will er mich anrufen und mit mir essen gehen. Dann wird er mir auch die Fotos und seinen Artikel zeigen.

Am nächsten Tag streite ich mich schrecklich mit Big Boss wegen einer Szene, die ich nicht drehen kann. Wenn ich mit einer Darstellerin befreundet bin, kann ich nicht mehr mit ihr arbeiten, selbst wenn ich es versuche. Das ist bei Jade der Fall. Es artet ziemlich schnell aus, wir geraten aneinander. Mich kotzt dieser Drehtag an. Nach der Arbeit gehe ich nach Hause, ich kann nicht auf dem Set bleiben, es geht mir nicht gut. Marie ist nicht zu Hause. Wo ist sie denn schon wieder? Am Telefon sagt sie, dass sie bei ihrer Freundin ist. Ich erzähle ihr von meinem beschissenen Tag. Sie sagt, sie kommt nach Hause. »Lass nur, ich erhole mich schon wieder. Wir sehen uns morgen.« Die Einsamkeit bedrückt mich. Was auch kommen mag, ich bin absolut allein.

Ich rufe eine Freundin an, mit der ich auch schon was hatte. Wir treffen uns wie immer in einem Hotel. Ich bin eine Woche lang mit ihr zusammen. Am Freitagabend bin ich mit Dunill verabredet. Er lädt mich in die Villa Barclay ein. Das Lokal kenne ich noch nicht. Wir verabreden uns vor dem Virgin. Er trägt einen Dreiteiler. Offenbar hat er sich meine Antworten zu Herzen genommen. Wir machen eine Zigarettenpause.

Er: »Hast du Jugendzigaretten?«

»Wie bitte?«

»Gut, dann eben Kinderzigaretten – würdest du mir eine Dunhill extra-leicht anbieten?«

Das mit den »Jugendzigaretten« verstehe ich erst später: Er meinte Shit. Ich muss lachen. Das Lokal ist eine Piano-

Bar und Discothek. Die Einrichtung ist angenehm, offenbar ist das sein Stammlokal. Wir nehmen einen Apéritif. Dieser Mann ist ganz anders als die Männer, die ich kenne. Er ist wirklich rührend. Er zeigt mir das Interview. Es ist gut geworden. Wir bestellen. Freunde kommen und begrüßen ihn. Er redet mit einem Mann, also muss ich wohl oder übel mit der Frau reden. Ich habe den Eindruck, sie hat nicht alle Tassen im Schrank. Sie redet über Dunill. Wie schön und nett sie ihn findet. Eine einzige Lobeshymne.

Um beim Thema zu bleiben, sage ich: »So einen Lover werde ich zu meinem größten Unglück nie haben!«

Sie steht auf und verlässt den Tisch. Ich begreife überhaupt nichts mehr. Dunill fragt, was los sei. Ich erzähle ihm, was ich gesagt habe.

»Sie weiß ja nicht, dass du lesbisch bist. Sie sucht einen Kerl, und sie musste glauben, dass du sie verarschst.«

Das Mädchen, mit dem ich die Woche über zusammen war, wartet im Hotel auf mich. Ich habe ihr versprochen, nicht zu spät zu kommen, doch ich amüsiere mich gut und bleibe, solange ich will. Wir gehen noch in die Disco. Dunill bestellt eine Flasche Champagner.

Um 5 Uhr morgens bringt er mich ins Hotel. Kaum komme ich ins Zimmer, stürzt sich das Mädchen auf mich. Ich dachte, sie bringt mich um. Eine tobende Frau ist nicht gerade toll. Ich entschuldige mich aber nicht, stattdessen dusche ich und gehe ins Bett, ohne etwas mit ihr zu machen. Am Morgen bestellt sie Frühstück und weckt mich. Sie tut so, als sei nichts gewesen, sie nimmt mich in den Arm und streichelt mich. Ich bin gut davongekommen.

»Dass das nicht wieder vorkommt!«

»Aber – entschuldige mal! Ich hatte einen schönen Abend!«

»Das will ich nicht wissen. Ich bin nicht dein Hund. Wenn du mich sehen willst, dann bleib auch bei mir. Du machst mich echt fertig – du verbringst den Abend woanders, und ich, ich warte hier wie eine Idiotin. Ich hätte verduften sollen. Mach das ja nicht wieder, ich warne dich. Was machst du heute?«

»Keine Ahnung, heute ist Samstag. Ich habe nichts vor. Du?«

»Auch nicht. Könnten wir nicht zu dir gehen, anstatt die ganze Zeit im Hotel zu sein?«

»Hm, wenn du willst. Aber ich nehme normalerweise keine Leute mit zu mir, du wirst mich sicherlich etwas wunderlich finden.«

»Dann ändert sich ja nichts. Wir räumen das Zimmer und gehen zu dir, ja?«

»Gut, Süße.«

Zu Hause überkommt mich wieder diese Schüchternheit. Sie merkt, dass ich mich nicht wohl fühle. Sie will mich in den Arm nehmen, ich flüchte.

»Willst du einen Kaffee? Oder willst du was essen?«

»Was ist denn? Darf ich dich denn nicht umarmen? Ich bin nicht hierher gekommen, um zu essen oder fernzusehen, sondern weil ich Lust auf dich habe und das machen will, was ich gestern nicht machen konnte.«

»Ich bin kaputt, ich will schlafen.«

»Gestern hast du es dir gut gehen lassen und bist spät zurückgekommen, dann kannst du dich heute auch am Riemen reißen. Entweder vögeln wir, oder ich verschwinde. Und wenn ich gehe, dann brauchst du mich nie wieder anzurufen.«

»Warum bist du so? Ich bin müde. Und ich vögle zu Hause nicht, das mache ich lieber außerhalb. Deshalb haben wir uns ja im Hotel getroffen.«

»Hast du eine andere? Geh ich dir auf die Nerven? Sag mir, was los ist.«

»Nichts ist los. Ich habe dich gewarnt. Zu Hause bin ich eben komisch. Du wolltest trotzdem kommen. Jetzt siehst du, wie ich bin.«

»Gut, dann reiß dich eben zusammen. Ich bitte dich nur einmal darum.«

»Mich zusammenreißen? Wozu? Willst du mich vögeln? Dann komm, nimm mich!«

»Ach, hör auf! Ich gehe. Ruf mich nicht an.«

»Wie du willst. Tschüss.«

»Ich sehe ja, wie egal ich dir bin. Das vergesse ich dir nicht so schnell.«

Als die Tür zu ist tut es mir auch schon Leid. Ich würde sie gerne zurückholen, aber ich kann nicht. Ich mag dieses Mädchen trotzdem, ich mag alles an ihr. Sie ist aus einer anderen Welt. Sie ist Großhandelskauffrau, sie führt also ein ganz normales Leben. Wie blöd ich bin! Mit ihr wäre ich vielleicht aus meinem Trott rausgekommen und hätte ein neues Leben beginnen können. Sie respektiert meinen Beruf. Nie hat sie mich gebeten, wegen ihr aufzuhören. Ich gehe schlafen. Etwas anderes bleibt mir ja nicht übrig.

Als ich aufwache, habe ich eine Nachricht von ihr. Sie will heute Nacht bei mir schlafen. Ich freue mich. Ich rufe zurück, es ist nur der Anrufbeantworter dran. Ich mache mich fertig, dusche, parfümiere mich, ziehe mich schön an, stelle Champagner kalt und decke den Tisch mit Kerzen. Als sie in der Tür steht, reicht sie mir eine Rose. Das mag ich. Dieses Mädchen ist klasse! Ich drücke sie an mich.

»Ich dachte, dass du bei …«

Ich lasse sie nicht ausreden, ich küsse sie. Nach der Liebe sprechen wir über unsere Pläne. Morgen fahre ich für zwei Tage ins 78. Département in die Nähe von Mantes-la-Jolie zu Simone, der älteren Darstellerin, mit der ich schon früher gedreht habe. Sie hat eine große Hütte, die sie auch als Drehort benutzt. Damit das Mädchen mir nicht böse ist, lasse ich ihr die Schlüssel da und bitte sie, auf mich zu warten. Sie ist einverstanden. Die Arbeit ist dieses Mal beschissen, die Mädchen sind wie immer hässlich, die Jungs sind Arschlöcher, von der Technik-Crew ganz zu schweigen. Dunill ruft an. Ich gebe ihm die Adresse von Simone, damit er mich abholt. Ich will ihn zum Essen einladen, er aber hat andere Pläne. Wir sind nicht weit entfernt von Deauville, er will mit mir dorthin fahren und sehen, wie ich am Meer aufwache. So etwas kannte ich bislang nicht, ich bin einverstanden. Ich sage ihm, dass jemand bei mir zu Hause auf mich wartet, die gleiche Person, die auch bei unserem Abend in der Villa Barclay auf mich gewartet hat.

Wir verbringen die Nacht am Meer, am Morgen fährt er mich nach Hause. Ich schalte mein Handy ein. Eine Nachricht. »Danke.« Ich habe Angst, nach Hause zu kommen. Niemand ist da. Auf dem Tisch finde ich einen Brief und ein Geschenk. *Ich habe mich in dir getäuscht. Du bist nicht so unverdorben, wie du mich glauben machen wolltest. Ich habe für dich gekocht, und ich wollte dir etwas schenken zum Zeichen, dass ich dich voll akzeptiere. Ich schäme mich, dass ich an dich geglaubt habe. Die Schlüssel sind im Briefkasten. Lebewohl.*

Ich, ich muss mich schämen. Das hätte ich nicht tun sollen. Ich liebe sie, und das ist schlimmer als alles andere. Ich mache den Kühlschrank auf. Champagner und Wein. Und wenn ich mir nun Wein und Champagner genehmige? Ich trinke alle Flaschen aus, ich muss spucken. Ich gehe ins

Bett. Mein Handy klingelt. Ich will nicht rangehen, ich will mit niemandem sprechen. Und wenn sie es ist? Was könnte ich ihr sagen? Sie wieder und wieder um Verzeihung bitten ist nicht richtig. Aber sie ist es nicht, ich weiß es. Ich schlafe wieder ein.

Das Leben muss weitergehen. Marie bereitet sich auf ihre Abreise nach New York vor. Ich will das nicht mit ansehen, ich gehe schlafen. Sie hat mir eine Nachricht geschrieben: Ich soll mich nie unterkriegen lassen, das Leben darf nicht nur von einem Menschen abhängen. Wenn sie drüben ist, meldet sie sich. Die Leute aus Toulouse haben mir auch eine Nachricht hinterlassen. Ich bin auf das nächste Set eingeladen, nur eine Szene. Ich sage zu. Ich treffe mich immer öfter mit Dunill. Ich sage mir, wir gehen zusammen, aber in Wahrheit ist nichts zwischen uns. An Weihnachten bin ich in Italien, Silvester verbringe ich im L'Entr'Acte, das nun Le Pulp heißt. Michelle hat mich gebeten, den Abend zu schmeißen. Ich habe zugesagt. Was für ein Schwachsinn! Nach meiner Rückkehr aus Italien habe ich eine Interview-Sendung bei AB Production, *In Bed with …*, eine Serie für den Kabelkanal XXL. Das Interview findet also im Bett statt. Natürlich mit Dunill! Die Leute denken, wir sind ein Paar, also müssen wir eben so tun, als ob. Ich kann ihm nie böse sein oder ihn abblitzen lassen, das hat er nicht verdient. In der folgenden Woche bin ich bei *Hot Talk,* in der Sendung von Brigitte Lahaie. Ihre Fragen finde ich nicht gut, sie erwecken den Eindruck, dass sie keine Ahnung hat, dabei ist sie angeblich eine ehemalige Darstellerin, eine Heilige der Branche. Die Sendung hat die »lesbische Generation« zum Thema, Michelle ist auch dabei.

In Toulouse drehen wir eine Art SF-Porno mit Maria und Olivier Sanchez, zwei bekannten Darstellern aus Spanien. JPX ist wie immer dabei, außerdem Kévin und Fovéa, seine derzeitige Freundin. Eine Mannschaft von fröhlichen Malochern. Das Drehen macht wirklich Spaß. Ich habe selten Leute getroffen, die andere Menschen so sehr respektieren. Dabei vergessen sie aber nicht, dass der Profit im Vordergrund steht. Ich mag ihre Filme, sie gehen immer gut aus, und neben dem Drehen machen wir auch andere Sachen zusammen, wie zum Beispiel Ski fahren. Außerdem habe ich während der Dreharbeiten Geburtstag. Wir feiern, und sie sammeln Geld, um mir ein Geschenk zu kaufen. Doch das Beste in Toulouse ist, dass ich Madison doch noch treffe. Ich bekomme das Angebot, mit ihr Veranstaltungen zu machen. Mich hat es erwischt, ich begehre sie so, dass ich annehme. Das Team kommt nach Paris, um den Vertrag zu machen. Ich kann es gar nicht erwarten.

Bei meiner Rückkehr ist Dunill in Las Vegas bei einem Porno-Festival. Auch er hat eine Überraschung für mich. So etwas hat sich noch nie jemand für mich ausgedacht: eine Videokassette. Und nicht irgendeine – er weiß, was mir gefällt: die Spice Girls, Le Pulp, Piercing. Für den Film hat er sich als Frau verkleidet. Das ist der schönste Liebesbeweis, den ich je bekommen habe! Dieser Mann hat echt Stil – er versteckt seine Gefühle nicht und lebt sie völlig aus. Und dass man die schönsten Geschenke nicht mit Geld kaufen kann, ist längst nicht alles – es ist ein Zeichen der Ergebenheit. Als er anruft, habe ich gerade die Kassette angeschaut und bin so durcheinander, dass ich kein Wort sagen kann. Wenn er in drei Tagen zurückkommt, will ich ihm unbedingt meine Anerkennung zeigen.

Dann ruft Big Boss an.

»Na, Fatima, schmollst du immer noch?«

»Ich heiße nicht Fatima. Wie geht's?«

»Gut. Herzlichen Glückwunsch zum Geburtstag! Hast du Lust, irgendwann mit mir nachzufeiern?«

»Wann du willst.«

»Ich habe einen Freund in der Avenue Foch, er will ein Video mit dir und Jade drehen. Ich habe für euch verhandelt. Ist das okay?«

»Wann?«

»Wann ihr könnt. Ich rufe Jade an und sage dir Bescheid. Ja, mein Kleines?«

»Gut. Ich warte. Bis dann.«

»Bis dann, Kleines. Wir sehen uns in einer Woche.«

Eine gute Nachricht kommt selten allein. Ich werde mit Madison arbeiten, und dann ruft auch noch Big Boss an! Was will ich mehr?

Die Leute aus Toulouse kommen am Samstag nach Paris. Wir gehen ins Le Pulp, ich kann es kaum erwarten. Der Produzent hat in einem Hotel im 15. Arrondissement ein großes Zimmer mit einem großen Bett gebucht. Wir legen uns alle rein. Er hat Madison und ein anderes Mädchen mitgebracht. Während er im Bad ist, kommt das andere Mädchen zu mir ins Bett und küsst mich. Sie leckt mich, das ist toll, vor allem, wenn man nichts erwartet hat. Natürlich taucht der Produzent auf und verdirbt alles. Er streichelt mich auch, aber ich tue so, als würde ich schlafen, und er gibt auf.

Am nächsten Morgen um zehn klingelt das Telefon. Madison will mit mir sprechen. Sie hat die Nacht an der Rezeption verbracht, weil das Verhalten des Produzenten sie abgestoßen hat – noch einer, der versucht, das Angenehme mit dem Nützlichen zu verbinden. Wir reden zwei Stunden, mit Mühe kann ich sie überreden, zu mir zu kommen, es geht ihr gar nicht gut. Ich koche etwas für sie, wir gehen schlafen. Sie hat einen sehr unruhigen Schlaf, es ist so schlimm, dass ich in der Nacht den Arzt rufen muss. Er gibt ihr eine Spritze und schreibt ihr ein Attest aus. Wir schlafen eng umschlungen ein. Dann küssen und streicheln wir uns. Ich bin überglücklich, ich denke: Klasse, jetzt vögeln wir! Aber sie will nicht, dass ich sie unterhalb der Brüste berühre. Das nervt mich, also lasse ich es sein und drehe mich auf die Seite. Sie nimmt mich in den Arm und weint. Ich verstehe überhaupt nichts mehr.

»Was ist denn los? Du willst nicht, dass ich dich anfasse, also fasse ich dich nicht an, so einfach ist das.«

»Du hast nichts begriffen.«

»Warum? Gibt es da etwas zu begreifen?«

»Ich habe meine Tage. Ich habe Lust auf dich, aber ich kann mich von dir nicht anfassen lassen.«

»Gut, wenn das so ist, dann fass du mich an.«

Sie hat es mir besorgt und sich an meiner Möse gerieben. Diese Alte ist echt geil, ich glaube, ich bin verknallt. Sie hat einen Kerl. Am Anfang denkt man immer, das macht nichts, damit könne man leben. Aber ich kann das nicht, ich kann nicht teilen. Ich lasse ihr Attest um drei Tage verlängern, und sie, sie geht zu ihrem Freund! Ich hasse sie! Das sind die Dinge, die mich an den Männern echt aufregen.

Sie hat mir zwei Fotos von sich geschenkt. Auf ein Bild hat sie geschrieben: »Ein kleiner zärtlicher Engel ist durch mein Leben geflogen.« Und ab nach Toulouse.

Das Leben geht weiter. Bald ist das *Hot Vidéo*-Festival, ich lade sie ein. Sie hat keine Kohle für ein Ticket, also zahle ich ihr die Reise. Dalila ist auch in Paris. Sie hat einen Auftritt im Le Pulp, gleichzeitig feiern wir Maries Geburtstag – die Franzosen haben sie wieder! Madison will nach der Show gleich nach Hause, sie fühlt sich nicht wohl. Ich habe sie kommen lassen, um mit ihr eine Show vorzubereiten und mit ihr zusammen zu sein, aber sie hat ihre ganze Zeit schon mit ihrem Freund verplant. Ich zahle ihr Ticket, und der Kerl profitiert davon! Ich bin gerade gut genug, um immer den Geldbeutel zu zücken. Ich habe so einen Hass, dass ich sie gehen lasse, ohne ein Wort zu sagen. In drei Tagen ist das Konzert der Spice Girls. Es wird mich trösten, Melanie Brown zu hören und zu sehen.

Ich hatte Dunill einmal gesagt, er soll an mich denken, wenn er hört, dass jemand einen Hund abzugeben hat. Am nächsten Tag ruft er an, er hat etwas für mich, ich soll in sein Büro kommen. So komme ich in den Besitz einer kleinen Malteserhündin: Nikita. Sie ist Steinbock wie ich, und sie ist supersüß. Ich liebe sie, aber ich habe auch Angst, dass ich mich bei dem Leben, das ich führe, nicht richtig um sie kümmern kann. Ich bin kaum zu Hause, laufe den Röcken nach und trinke. Was kann ich dem Hund bieten?

Ich will umziehen, habe aber nicht die erforderlichen Papiere. Dunill bietet seine Hilfe an. Kaum zwei Wochen später habe ich ein neues Haus in Bobigny. Es hat sogar einen kleinen Garten, das ist toll für meine kleine Nini.

Ich soll mit John B. Root drehen.* Ein kleiner Mann mit Brille, immer in Jeans und alten Turnschuhen. Die Darstellerinnen suchen sich die Kostüme und Szenen selbst aus. Das ist genial – eine Neuheit in der Branche. Dieser John B. Root hat wirklich gute Ideen. Zuerst geben

* Regisseur von *CyberiX* (1995) und *Exhibitions 1999* (1998); das war der letzte Film, in dem ich mitspielte und über den ich das Angebot für *Baise-moi* bekam. John B. Root hat auch Bücher geschrieben, darunter *Porno Blues*, eine Dokumentation über Pornodreharbeiten.

die Darstellerinnen Journalisten der »normalen« Presse Interviews. Dabei gibt es ziemlich viel Streit unter den Mädchen, die Meinungen gehen auseinander. Ich nehme eine beiseite, Dolly Golden, die dafür ist, ohne Gummis zu drehen.* Sie hat den Eindruck, mit Gummis arbeite sie eigentlich nicht richtig, sie ist ein Star. Und warum soll sie nicht ihren Ruf dafür einsetzen, für den Gebrauch von Kondomen zu plädieren? Sie war eingeschnappt und hat mich zum Teufel geschickt. Dumme Kuh! Sie hält sich für Pamela Anderson! Ich gebe auf. Morgen drehe ich meine Szene, und dann geht das Leben weiter.

Für die folgenden Tage habe ich kein Angebot. Mit anderen Worten: Ich langweile mich. Ich rufe Dunill an, er kommt mich besuchen.

Ich sage frei heraus: »Ich will mal Koks nehmen. Wenn du was angeboten bekommst, besorg mir was.«

»Wie bitte?«

»Du hast sehr gut verstanden.«

»Seit ich in der Branche bin, habe ich das Zeug höchstens zweimal genommen, ich kenne niemanden.«

»Du weißt genauso gut wie ich, wo man es bekommt. Wenn ich danach frage, macht das einen schlechten Eindruck. Bei dir ist das kein so großes Problem.«

»Na gut, ich rufe ein paar Kumpel an, ich werde sehen, was ich tun kann.«

Ich küsse ihn zum Abschied. Ich weiß, dass er alles für mich tun würde. Und ich muss gestehen, dass ich das auch ausnütze. Noch am selben Abend habe ich das Zeug. Ich nehme nur eine Line, denn ich habe echt Angst vor dieser Droge. Er zieht sich den Rest allein rein. Ich bestelle mehr,

* Sie war für den *Hot d'Or* 1999 nominiert.

er besorgt es, und dieses Mal nehme ich fast alles. Seitdem darf er nur kommen, wenn er etwas dabeihat; deshalb kommt er nicht mehr gern. Ich treffe nur noch Leute, die Koks nehmen. Das wird zur Manie. Ich habe keine Lust mehr zum Arbeiten. Es ist zu gefährlich; um meine Dosis zu bekommen, könnte ich Sachen machen, die ich nie zuvor akzeptiert habe. Am Sonntag muss ich drehen. Dunill ist bei mir. Ich bereite mich vor und weine. Ich will mich nicht mehr hernehmen lassen. Allein schon der Gedanke macht mich krank. Ich will das zurückholen, was ich vor Jahren aufgegeben habe: mich. Meinen Schoß. Meinen Stolz. Von meinem Gehirn ist nur noch ein kleiner Teil übrig, den will ich behalten. Ich weine, ich sage zu Dunill: »Ich will nicht mehr. Das macht mich fertig. Ich halte das nicht mehr aus.«

Er nimmt mich in den Arm: »Nichts würde mich mehr freuen, als wenn du aufhörst. Aber wovon willst du leben?«

»Das wird die Zukunft zeigen.«

Über Raffaëla zu schreiben und über sie zu reden, ist nicht so einfach für mich. Über sie zu reden ist eigentlich nicht so schwer, weil es aus dem Moment heraus kommt und ich nicht darüber nachdenke. Ich tue es, weil ich Lust dazu habe und weil wir es am ersten Tag so besprochen haben. Schreiben aber, das verlangt Überlegung. Und dann bekomme ich Lust auf ein Glas Schnaps, und morgen, morgen will ich vielleicht Schokolade. Als müsste ich mein Leben anhalten, um zu denken und mich auf ein konkretes Thema zu konzentrieren; das kostet mich einiges. Im vorliegenden Fall geht es um Frauen. Und Frauen sind richtig wichtig für mich. Es gibt Frauen und Männer. Ich wohne mit Frauen und Männern zusammen, ich arbeite sehr viel mit Frauen, selten auch mit Männern. An manchen Abenden treffe ich nur Frauen, und dann bin ich da, dann bin ich eine von ihnen. Sie kommen zum Tanzen und Trinken, sie suchen sich, und oft finden sie sich auch. Auch ich und auch Raffaëla. Raffaëla kam damals eher aus Zufall, sie hatte keine Ahnung, wo sie gelandet war. Sie hat die Bedienung an der Bar höflich angesprochen und gefragt, was das hier sei. Ich habe ihr erklärt, dass es eine Bar für Mädchen ist. Ich musste ihr klar machen, dass die Jungs, die sie auf der Tanzfläche gesehen hat, androgyne Mädchen waren. So haben wir uns kennen gelernt. Damals bin ich zum ersten Mal mit einem Gast, einer Unbekannten, etwas trinken gegangen. Dann haben wir uns besser kennen gelernt, sie wurde Stammgast, und sie wurde meine Freundin. Dann traf sie ein Mädchen. Ich traute meinen Augen nicht – auch sie war eine. Ich hatte es gar nicht gemerkt; sie auch nicht. Sie hat sich dagegen aufgelehnt und ging eine Beziehung ein, die bei ihr Wutausbrüche und auch Gewalttätigkeit ausgelöst hat. Eines Abends wollte ich sie beruhigen, sie hat gezittert, sie bekam kaum Luft. Sie war kurz davor, alles zusammenzuschlagen. In blinder Wut hat sie die Hand gehoben und wollte mir eine knallen. Ich habe immer wieder geschrien: »Raffaëla, ich bin's!« So habe ich meine Nase gerettet, die ich von meinem Vater geerbt habe und die mir daher kostbar ist. Raffa erkannte mich schließlich. Ganz langsam ist ihre Wut abgeflaut. Schade, nicht alle Nächte sind so stürmisch! Das Lokal ist leider kein Kampfring, sondern vor allem eine Disco. Morgen kommt Raffaëla. Dieses Mal kommt sie mit ihrer Mutter.

Michelle de Pulp

All mein Dank gilt:

Virginie Despentes, dem Verlag *Grasset* – besonders Lydie Violet und Manuel Carcassonne –, Marie und ihrem Mann, Laurence, Michelle, Rosalie und all meinen Freunden.

Raffaëla